在广阔的民间

涂国文 ■ 著

春风文艺出版社
·沈阳·

图书在版编目（CIP）数据

在广阔的民间 / 涂国文著. -- 沈阳 : 春风文艺出版社, 2025.9. -- ISBN 978-7-5313-7089-5

Ⅰ. I227

中国国家版本馆 CIP 数据核字第 2025VD8843 号

春风文艺出版社出版发行
沈阳市和平区十一纬路 25 号　　邮编：110003
四川省东和印务有限责任公司印刷

责任编辑：韩　喆	责任校对：张华伟
装帧设计：四川悟阅文化传播有限公司	幅面尺寸：145mm×210mm
字　　数：361 千字	印　　张：14
版　　次：2025 年 9 月第 1 版	印　　次：2025 年 9 月第 1 次
书　　号：ISBN 978-7-5313-7089-5	定　　价：89.00 元

版权专有　侵权必究　举报电话：024-23284292
如有质量问题，请拨打电话：024-23284384

目录

第一辑　广陵散

002　一个人就是一支军队
003　白露
004　霜降
005　大雪
006　一支马头琴曲淹没了整座杭州城
007　昆仑山
008　豹
009　遇见：在口腔医院，这语言的受难所
011　后遗症
012　王安禅寺的焰火

- 013 十字街头
- 014 每一场大雪都是一次白天鹅之死
- 015 糖艺人
- 016 流水
- 017 后视镜
- 018 骨头在秋风中越来越轻
- 019 豆腐赋
- 021 音乐
- 022 马头琴
- 023 时间简史
- 024 小雪（其一）
- 025 芦苇谣
- 026 方言
- 027 白鸟
- 028 从一片片碎瓷中指认一个个覆亡的王朝
- 030 黑暗楼梯
- 031 灰鹭
- 032 地下铁（其一）
- 034 落日中坐着个菩萨
- 035 与北风一起散步
- 036 父亲每天都是新的
- 037 春天（其一）
- 038 富阳
- 039 耳朵上开出的花朵
- 040 关于写作

041　诗歌

042　大寒（其一）

043　联尚超市

044　纪念馆

第二辑　高山流水

046　苏曼殊

047　岭南人苏曼殊

049　岭南吟

050　诗人龙彼德

051　诗人多多

052　林黛玉批判

053　雪国，或曰一场虚构的雪——致川端康成

054　唐朝牡丹

055　阮籍

056　扫地僧

057　大宋

058　四爷

059　富春江：1927年纪事

060　城南旧事

061　一个走了的人

062　泊船瓜洲——王安石同名作古诗新题

064　石头记

065　风暴

066　慕白

067　岑参：逢入京使

069　话说东坡

071　泸州

072　白娘子传奇

第三辑　二泉映月

074　越瓷赋

078　钱塘江：漂移的文化板块

081　浮玉：展翅之蝶

084　天目山奏鸣曲

086　亚运志（组诗）

091　盐官

093　鱼鳞石塘

095　徐志摩故居

097　海宁人王国维

099　侠之大者：金庸

101　唐仁同山烧

103	丽坞底
105	布谷
107	边村宗祠
109	天使之泪
111	苏堤的桃花
112	端午登西湖第一峰如意尖之西皮流水
114	富春山居图
115	东梓关
117	郁达夫故居
119	罗隐故里
120	钓翁罗隐
121	罗隐读书处
122	钱塘江流过正月初五的飞地
123	一个热爱水的人到哪儿都能遇上水
125	到萧山观看春天
127	我的窗户连接着人间所有河流
128	孔子与玫瑰
130	杏坛书院
132	高姥山杜鹃谷
134	春天的辨认
135	瀛山书院
137	半亩方塘
139	秀水郁川
141	文渊狮城
143	谒陈望道故居

144 在杭州中国丝绸城
145 靖江二幼
147 太平禅寺
148 羽：独木舟
149 欢潭岳园
150 所有美好的事物都是我所热爱的
151 黑光陶衣
153 苎萝山
154 田庐送别
155 鉴湖
156 西栅
158 夜游天顶湖大坝
159 百丈漈
162 在刘伯温故里
163 刘伯温
164 池上楼
166 江心屿
168 净光塔
170 华盖山
172 上坞山
173 西景山
174 鹿门书院
176 磨石书店——致蒋立波兄
177 章太炎故居
179 游新昌大佛寺

180　伊园——致李渔

182　诸暨五泄，或曰山水的礼物

184　葛云飞

186　汤寿潜

188　西施

190　茅湾里窑址

192　东山

193　瓷源小镇

194　越青堂

195　利济医学堂

197　孙诒让故居后院的白紫薇

199　叶适纪念馆

201　在余村

202　在德菲利庄园酒店三楼远眺

203　黄帝祠宇

204　通济堰

205　河阳古村

206　白龙潭

208　群英村

209　铜鉴湖

211　南宋御街

212　廿八都

214　神丽峡

216　斛梨园

218　西街街区

220 龙泉剑吟
222 瓯江浣女
224 龙泉青瓷
226 华严塔
228 绍翁书院
230 黄岩蜜橘
232 鉴洋湖
234 台风谣

第四辑　阳关三叠

238 阿富汗（组诗）
240 信州
243 梅园
245 石鼓书院
247 朱熹
249 这人间唯有书声最吉祥
251 珠江
253 三清山
254 苏州
255 冠云峰
256 寒山寺

257　庐山三叠泉
258　初夏：维扬赋
260　姑苏谣
261　徽州古城
262　渔梁坝
263　西街一号
265　谒渐江墓
266　贵德古城

第五辑　平沙落雁

270　盼春帖
271　鹁鸪
272　春天的游龙
273　桃殇
274　处暑
275　青山
276　秋山图
277　群象北迁
279　菖蒲
280　蔚蓝与洁白：致圣托里尼岛
282　立秋（其一）

283	保俶路
284	酷暑帖
286	秋雨图
287	荔波瀑布
288	小雪（其二）
289	腌渍的冬天
290	雪落
291	薄雪
292	四月
293	夏至
295	秋歌
296	九月
298	秋色赋
299	秋风颂
300	寒露
301	残荷
302	十月
303	立冬
304	雅歌
305	老北风
306	速写
307	蝉
308	芒种
309	大地上的树木
310	天空赋

311　大寒（其二）

312　我喜爱枯枝胜过繁枝茂叶

314　春分

315　行道树

316　老银匠

317　即景

318　春天（其二）

319　青山如此丰富

320　立秋辞

321　秋声赋

322　栾灯

324　秋歌

325　秋山令

326　冬至

327　雨水

328　梅花辞

329　立秋（其二）

330　在春天，做一只鸟是幸福的

331　流水辞

第六辑　夕阳箫鼓

334　老宅
335　姜夔
336　父亲入殓的时候
337　中秋月
338　岳父
339　母亲的魂魄多半已随风飘散
340　城纪：漂泊的蔬菜
341　干越亭
342　父王
343　秋天所有美好的表情都高过故乡
344　远行的人
345　清明辞
346　村庄史
347　沉船
348　流浪的水井
350　丘陵帖
351　虚无之子
352　归乡图

第七辑　梅花三弄

- 356　我们都是别人
- 357　如是观：与诗人卢山茶叙
- 359　浩歌
- 360　与王五四兄书
- 362　未来考古学
- 363　童年
- 364　山海经
- 365　地下铁（其二）
- 366　恩赐
- 367　告密者
- 368　火焰
- 369　在戈壁驯养一匹大海
- 370　车子
- 371　悬崖
- 372　折叠
- 373　像一道闪电
- 374　霉干菜简史
- 375　捷尔任斯基
- 376　赞美诗
- 377　称呼
- 378　仰望

379　隐者
380　三月，我是一封无法邮寄的信
381　我们有一小部分疼痛相通
382　病愈书
383　我
384　母校
386　封神记
388　潜泳者
389　散步辞
390　新年之约
391　打铁者
393　肉骨头

第八辑　渔舟唱晚

396　在广阔的民间
397　盲道
399　书房
400　天猫小店
401　菜鸟驿站
402　黄昏即景
403　紫之隧道

404	短歌
405	办公室
406	隧道速写
407	外卖配送员
408	地下铁（其三）
409	疼痛之诗
410	在生命中为自己辟一间茶室
412	在市民卡服务中心
413	旋转的餐桌
414	国医馆
416	入冬，或者掼蛋
418	**附录** 现代诗学的思想元素与语言实践 / 陈啊妮

第一辑

广陵散

一个人就是一支军队

一个人就是一支军队
他以一个人，对峙生活的百万大军

他是自己的统帅，也是自己的士卒
是自己的旗帜
也是自己手中的兵戈

他乐做援军，经常率领自己的军队
围魏救赵、围点打援
为了友军，他不惜牺牲自己

他有自己的先锋，也有自己的
粮草供给部队
他从不使用兵法，以无招胜有招

他自成一体，惯于单兵作战
他钟爱阵地战，耻于声东击西的游击
他一般也不呼唤同盟军

他的结局就是覆灭
他即使覆灭，被掩埋在地下
也是一支屹立不倒的兵马俑部队

2023.2.25

白露

白露。在乡间
我看见晚稻开始低头
因为它们的低头,天空显得更加高远
紧跟着,我看见橘、柿、石榴、芦苇
和向日葵
这些辽阔大地上的果实与草木
都在开始向着秋风低头
多么好啊!这些成熟的花朵
我也准备低头
向命运,向人间的一切爱与仇

2021.9.7

霜降

那从大地生长出来的悬崖
制造了人间一场缤纷的坠落:柿子、石榴
柑橘、葡萄、大枣……
这些太阳的儿子纷纷从枝头高台跳水
天空高远
人间渊深

一棵小草也在秋风中裹起了黄色袈裟
像一个小小的沙弥
转身隐入季节的空门

2022.10.22

大雪

大雪覆盖青山,却不能覆盖河流和飞鸟
一切活着的事物,大雪都覆盖不了

河边逶迤的琉璃瓦,顶着一头白雪
像一条苍龙,与河流的青龙嬉逐

大雪狠狠地下着,大雪把天空下空
也把自己下空

弥天的大雪啊,我看到下空了的天空
像一只虚弱的蝉蜕

2022.2.7

一支马头琴曲淹没了整座杭州城

从口腔医院回到家中,点击一首歌
一支苍凉的马头琴曲地下河般涌出
淹没了整座杭州城

蓝天瞬间成为草原。飘荡的白云
化作一群白马,扬起白鬃和白尾
在风中驰骋

2021.7.19

昆仑山

一匹步景马在戈壁上奔驰
飞扬的四蹄踢破蛋壳似的苍穹

它跃动的肌群如狂走的乱石
它腿上的旋毛流出夜色与昼光

它的眼眸蓄养着鹰隼与风暴
它的蹄印复活着闪电与惊雷

它在自己的体内倒退着奔驰
蹬踏出一座座嵯峨雪山

它飞驰在静止中的骨骼
发出雪崩的咔嚓声

它冰魄色的马背上落满白云
它被自己血管中的岩浆消融

2021.11.19

豹

月下有黑影在泉边蹀躞
我认出,那是一匹从我体内越狱的豹
这团冲破汉语栅栏的逸墨
此刻,它的瞳仁深处游动着闪电
俨如宣纸上游走的侧锋
从它的鼻腔,喷出一道道粗重的热气
胸膛剧烈起伏,似湍流中倒映的山峦
碳钢般的四蹄沉闷地敲击地面
作为前丛林时期的王者——我的异己
它在我体内,被囚禁了半个多世纪
道路与风,早已腐朽成一截烂绳
这头孤独的困兽,它的尾巴
时而钢鞭般举起,时而弯刀般落下
草尖上微颤的月光依然牵动它的警觉
它蹑起四足,悄悄靠近虚拟的猎物
期待复活一个久远的跃扑
却被自己生锈的速度,绊倒在半空中
它挣扎着爬起身
重新返回我体内——
我的躯壳,成为它永远的幽深的陷阱

2021.5.9

遇见：在口腔医院，这语言的受难所

下午，在杭州市口腔医院城西分院
我把自己投入整整一个小时的微型酷刑
——这牙齿的洗白之地、语言的受难所

首先接受口腔检查。在 CT 机前
我礁石般蜿蜒于语言海湾的齿床
露出骷髅的幻影

因为长久不能发出心底的声音
那些被封锁的语言腐蚀牙龈，生发炎症
在牙床上结出菌斑和色垢

接着用消毒液漱口，减少唾骂世界时
留下的细菌，之后被一块罩布蒙住脸庞
一张呐喊的大嘴，从黑暗的漏洞中显现

镰形器在牙床上剔、刮、勾、凿
十八般武艺在口腔中翻飞
如同炼金士对词语的打磨

酸胀刺痛。我闻到几丝血腥从嘴角溢出
我知道那是源于昔年一场语言战争的淤血
以及一场对汉语的新的伤害

压电式超声洁牙机、磁致伸缩式洁牙机
和气动超声波洁牙机在整层洗牙区震颤
这夏日的另一种蝉鸣，语言装修的轰响

抛光。减少语言对于正义的敏感和趋附
洗牙结束，齿面变得光滑而洁净
从此后我可以红口白牙，指鹿为马

2021.7.10

后遗症

去过西藏后,每次看到山峰
我都会紧盯着那峦尖
想象上面正覆盖着积雪
都会在心里庆幸
在这纷繁复杂的人世
还有钻石,在高处
闪烁着光芒

2020.10.29

王安禅寺的焰火

王安禅寺的佛,是最平易近人的佛
他们住在农田中
被水稻、小麦、玉米、高粱和甘蔗簇拥着
和百姓打成一片

亲近百姓的佛,最了解百姓的痛痒
他们在秋风中,抖开一方方绿色纱巾
包裹起满地黄金
馈赠给百姓

他们以焰火的形式,将五谷作物的璀璨
升上夜空,让世人看见
又以瞬间的寂灭,警示世人
惜福与夜露的全部禅机

2021.10.7

十字街头

那么多人伫立在十字街头
那么多人行走在斑马线上

那么多喧闹的孤独
那么多孤独的人

2022.11.25

每一场大雪都是一次白天鹅之死

在汉语语汇里,每一场大雪
都是一次白天鹅之死
鹅毛大雪
说的就是这只从季节尽头启程的白天鹅
在飞往春天的途中,被朔风的冷箭猎杀
它从万丈高空急速坠落
洁白的羽毛,飘满苍穹
它庞大的躯体,覆压人间
掩埋一切荣光与耻辱
它尚未停止的脉息,涌动成江河
它滴淌的鲜血,凝固成山脉
它的冰肌雪骨,被朔风的刀子
削刮得越来越薄,越来越晶莹剔透
接近玻璃的犀利与透明
它以自己巨大的死亡
为大地制造一场纯洁的葬礼
当太阳被森林般的手臂重新托举上天空
它在阳光中复活
敛起洁白的翅膀
遁入地母的怀抱

2022.11.27

糖艺人

我们经常握起酒做的枪,朝自己开火
枪毙我们灵魂中的怯懦、狭隘与卑污
让身体海晏河清
让豪气、大度与纯洁
能在光天化日之下,光明正大地行走
但我们不曾以糖制作过枪
这属于天才的想象、手工艺人生存的智慧
将生长生命的作物与消灭生命的枪
借助火的媒介,浇铸在一起
这中间巨大的张力
类同以一场天寒地冻
换取雪霁日出
类同以战争的手段谋求安宁
而它更大的威力
不在于以糖衣裹着的炮弹
去攻陷成人的堡垒
而在于它偶遇一个儿童时
被一张无知无畏的小嘴
吞进腹中
完成一个关于世界和平的隐喻

2021.7.17

流水

流水的故乡在一朵乌云中
它们背叛天空
在大地上流浪

这一点多么像诗人
背叛尘世的幸福
在语言中漂泊

2021.11.28

后视镜

我已准备倒车,后退
后退到一颗初心中去。那五十年前的初心
只有月亮在鸣
江河漂荡,长风发光
我从镜中,看到后面的山峦
正在疾速向前推进
我小心地避让
以免撞到它,成为它前行的障碍
我也看到侧面有车,正在风驰电掣般
从后方赶来
我放慢速度,配合它安全超车
不给它增加一丝风险
从后视镜中,我也看到自己后退的车轮
正与命运的路牙形成交叉
我猛回一把方向盘
将自己,稳稳地停下

2021.8.15

骨头在秋风中越来越轻

秋风的镰刀,收割着大地上的一切
稻谷、草木、果实,连同那些年长的亲人

将我们牢牢地钉在尘世幸福中的铁钉
被秋风一枚枚拔去

骨头越来越轻,仿佛也要被秋风吹走

2022.9.7

豆腐赋

温润如玉的君子。它俊朗的丰神
源于一次点化后的涅槃
而它的方正,更秉承了大豆的刚硬本性
由大豆之圆,到豆块之方
由大豆之黄,到豆腐之白
这变化中间,隐藏着深奥的辩证法
性情圆融通达:无论是以豆块、豆花、豆浆
还是豆干、豆皮、豆渣的形象出现
都不改一副益气和中的心肠
液态与固态,是它热爱烟火生活的两张面孔
怀揣着一片大海,却不起细波微澜
如同一个虚怀若谷的人
处世一清二白,有着与生俱来的简单与纯洁
常以刀子的语言,表达自己柔暖的心曲
不畏飞短流长
即使名声被巷道中的逆风搞臭
依然难夺骨子里的奇香
柔里藏刚,人世间唯一一种没长鼻子的牛犊
拒绝任何绳索的牵拽
哪怕被冰封,也要把自己变成蜂窝
让囚禁它的人,心生凛凛寒意
不可轻薄,它从大豆中随身携带的贞洁
随时可能还轻薄者一身腥气
更不可亵玩,为了捍卫尊严

它为亵玩者准备了豆腐饭和豆腐渣工程
这样两把匕首和投枪
一块豆腐，其实就是天地大块
一块豆腐，其实就是一个生动的人

2021.8.22

音乐

那婴儿般抱在胸前的倾斜的纪念碑
那攒击着大地的暴风骤雨
那被罪恶的子弹钉在空中的翅膀
那从黑暗的喉咙中复活的火山

2022.5.1

马头琴

一匹骏马在琴弦上奔驰、嘶鸣
溅起冲天的浪花

一匹骏马的蹄印
踏在自己的额头上

一匹骏马令一条河流呜咽
它绊倒在自己的嘶鸣声里

2022.10.24

时间简史

如果抹去五十五年光阴
他今天刚好出生
他的父亲正带领社员在四十公里外的
　　康山兴修圩堤
半个月后才回到家中

如果抹去四十年光阴
他开始离开家乡，练习成为游子
他离童年越来越远
离家乡越来越远
他将游子做得炉火纯青

他不断失去：故乡、母亲、父亲
他不断获得：青春、岁月、太阳

他在时间里饱经磨难
又在时间里顽强生长
他将所有的风霜雨雪都沤成养料
他一直在生长，即使已过知天命之年
他永远是个长不大的孩子

2021.11.26

小雪（其一）

去看望一位从未谋面的故友
像一场雪，赶赴秋色斑斓的江南

地下铁在呼啸，像呼啸的北风

我没有带上秋色
像小雪没有带来一场雪

2022.11.22

芦苇谣

初春的芦苇丛,这光阴的黄金遗产
它用细密的金丝,织成一条温暖的黄金被

春风在这儿分娩,一同分娩的
还有一颗蛋黄似的日轮

一棵倒伏的枯树,从芦苇丛中伸出螯夹
胡乱偷袭着空中流窜的寒鸟

河水开始以春天的模样流淌
它褶皱纸般的波纹,泛着青绿色的光

几只白鹭呆立在河边乱石上
像一群每况愈下的乡愁病患者

2023.2.9

方言

从方言中长出的喉咙,难以被整形
他说出的话语中,带着红壤的血丝

他的方言水量丰沛,荡漾着鄱阳湖
和信江的波光

他的方言呈现一种稻谷的金色
与铁铧的硬度

方言是他的骨头,支撑着他的行走
又把世界硌得生疼

他无数次从方言中逃离
又无数次向着方言回归

在茫茫人海中,他凭方言辨别同类
以方言打通全身的经络

他在方言中勤奋地播种、耕耘
只为让方言长出一片花海

他是一个多么执拗的人
方言是他的祖国,他永远拒绝移民

2022.5.31

白鸟

那么洁白的鸟。它的洁白那么浩荡
若秋日长风,若垂天之云
它在蓝天翱翔,如一挂白帆航行于银白的浪花中
它蔚蓝的背景,像一匹刚漂洗过的蓝色绸缎
它筑巢于白云深处,饮清露、餐白菊,在天池
  沐浴
它的鸣叫声,出自山泉,纤尘不染
好像人间没有一丝污秽
甚至连它投射在大地上的影子,也是那么洁白

一只并不存在的白鸟,日复一日
在我的头顶翔舞

2023.7.8

从一片片碎瓷中指认一个个覆亡的王朝

青花、釉里红、釉上彩、黑色釉、灰色釉
紫色釉、茶叶末釉、炉钧釉、窑变釉

大明宣德年制、正德年制、嘉靖年制、万历年制
大清康熙年制、嘉庆年制、咸丰年制、宣统年制

一块块底部朝天的瓷器碎片,像一个个覆亡的
  王朝
躺在景德镇御窑博物馆的玻璃展示柜中

暗红或深蓝的纪年款识,俨如一枚枚死亡印章
盖在形状不规则的瓷片上

它们锋利的边角,闪烁着利刃的寒光
一不小心就会将游客的手指与目光割得淌血

一片片泛白的多边形,仿若碎裂的王权和疆土
周遭是无边无际的漫漫历史暗夜

在它们近旁,一件件残器靠着修复者的悲悯与匠心
从碎裂和掩埋中还魂、站起

一道道丑陋的白乳胶缝痕,群蛇般爬满它们光洁
  的胴体

像一个个坍圮的江山永固的美梦

一条金龙盘旋在一只修复的大缸釉面上
脚下散落着一堆碎片

细细端详可见金龙已拦腰断为数截
而从脚下那堆散落的碎片中隐约传来彻天的呐喊声
2024.2.18

黑暗楼梯

黑暗中,一个黑暗的人
快步走下楼梯,如同白昼

他对黑暗很熟悉
或者说,他已习惯黑暗

他的双腿,轮番屈伸
悬在黑暗中,又重重踏在黑暗上

如同一个矿工,从黑暗上方
下到黑暗的井底

他搅动着黑暗。因为他的搅动
黑暗变得更加黏稠

他从黑暗高处转下
进入更深的黑暗

没有人看见黑暗中的他
他在黑暗中,看见黑暗的自己

2024.5.16

灰鹭

灰鹭从石头中飞出
它冲出石头的一瞬,擦出花朵的火星

灰鹭在河流上翱翔。它时而蹿上云空
时而扎入河流

像一块淬过火的钢铁
在河流上飞翔

灰鹭遁入石头中。现在河边那块石头
就像一只藏起了翅膀的灰鹭

2023.3.18

地下铁（其一）

大地吞下的一根银针，在大地之胃中游动
它游动的方向，形成不同的轨道
而它的针尖在胃壁刺出的一个个出血点
唤作终点站

这根活跃的银针，毕竟不是一根鱼刺
终需借医者指尖轻挑才得释然
也不是吞下春风与灯光，就可将它带出魄门
大地只有躺平，隆隆地颤抖

它虽是一根银针，却无法检测出
人性中的毒素。只能显影那些挤挨着的
沧桑面孔深处，曾经年轻的容颜
和那些靓丽脸庞中潜藏的被岁月剥蚀的未来

它以一根根飘忽的银线，串联起海量的
人生故事，创造了那么多的邂逅
那么多素昧平生的人，在短暂的时空伴随中
完成相逢和离散，像一幕幕微型戏剧

它随时接纳，又随时抛弃
任何一次与它的亲近，都是一次梦幻之旅
而任何一次与它的告别，都是一次
与阳光、风雨、自由和新鲜空气的相遇

它是一个关于末日的巨大隐喻：
天空消失、太阳消失、春风消失、花朵消失
人类在暗无天日的地底穴居
直至退化为双眼缺失、全身苍白的盲鱼

2023.3.22

落日中坐着个菩萨

晚霞在西山燃烧。群峰被镀成胭脂色
宛若盛开的莲花座

夕阳被秋风镶上了一圈金边
在万道光芒中轻晃

落日中坐着个菩萨
她从山顶沉下去，尘世从地面升起来

2021.8.18

与北风一起散步

我曾经比北风年轻
那时的北风,跑不过我

现在的我肯定比北风要老
跑不动了

任它在前面拽着,从后面搡着
我依然慢悠悠地踱着方步

北风时不时转身去河面上磨刀
这一点它不如我

我早已将指向世界的利刃
插进了自己的胸膛

现在的我手无寸铁
安全无比

2023.12.22

父亲每天都是新的

父亲去世前
我看到的他,几乎每天都是一样的

他去世后,我几乎每天都会想起他
有时是他的勤劳俭省
有时是他的唠叨慈爱
有时是他的胸怀天下
有时是他的故土难离

光阴越来越旧
父亲每天都是新的

2022.6.15

春天（其一）

春天来了。露台上养的菖蒲
叶子开始返青

春天在悄悄生长

我也一直在生长，就像春天
这一点，多么值得欣幸

2021.2.13

富阳

黄公望、郁达夫,都是很骄傲的人
他们一个住在富春江边
一个隐居在白鹤潭旁
他们从不外出去探望他人
却吸引了纷至沓来的脚步

2020.9.26

耳朵上开出的花朵

在春天,我将一朵花插入耳道
用一朵鲜花
隔绝与这个世界的关联

阻挡铁链的碰撞声、装甲车的行进声
和连天的炮火声

试着用一朵鲜花
软化一个男人的铁石心肠

我看到耳朵开花后
灿烂的笑容,重新回到了
自己沧桑的脸庞

2022.3.10

关于写作

写作就是一条河流
它必须不断地流啊流啊
若是断流了
河床会很难过
星光会很难过
它自己也会很难过

2023.6.28

诗歌

我曾长时间写作长诗
挺起长枪与空气鏖战

如今我更喜欢拿起短诗的匕首
与这世界近身肉搏

2022.12.15

大寒（其一）

大寒是一只大鸟
它从高空俯冲下来，一头栽进大地

它飘落的羽毛，插在古道旁
形成一排排水杉的黄金箔

而它伸向天空的利爪
让我们认出一棵棵老树的苍干虬枝

它扑腾的双翅
旋起一场场朔风和大雪，扯天扯地

2025.1.17

联尚超市

每次晚间散步
路过联尚超市,我都会无端想起
东北抗日联军和赵尚志

我这么一想,顿感脉管中
有一股血气在蒸腾

2024.9.9

纪念馆

他们秋蝉一样脱壳而去
遗下一个个蝉蜕

他们飘荡在天空中的蝉鸣
曾翻耕云层,播种惊雷与星光

他们页岩般的身形与脸庞
已隐入岁月的册页

他们留下的蝉蜕
灌满夕阳和秋风

2024.10.30

第二辑 高山流水

苏曼殊

那个芒鞋破钵的年轻诗僧
又来到西湖边疗伤
这是他平生十一次到杭州中的
某一次
鸭蛋青的暮色
被晚风一缕缕抽走光明
他像一只空空的瓷瓶
在断桥上摇晃
从月色中渐渐浮起的湖光
一点点注入他的体内
将他稳住
他通体发出
孤独的光芒

2020.12.30

岭南人苏曼殊

岭南人苏曼殊，带着他的亚热带季风脾性
在一百年前的神州和东瀛之间辗转
受爱国主义热带海洋气团
和命运的极地大陆气团交替控制
他的脾气呈非周期性变化
季风性质显著，歌哭无常
酷暑与严寒，常常在他的同一天中出现
他心中的爱憎
也像亚热带季风气候的四季一样分明
只是他眼眶中的降雨量
从底层沿海往权力内陆不断地减少
他在父国与母国、佛门与红尘的殊途中
忍受着冰炭相煎
作为一株亚热带季风植被中的木兰
他与民国常绿阔叶林章太炎、孙中山、
　　宋教仁、陈英士、廖仲恺、黄兴、
　　陈独秀、柳亚子等人有着深厚情谊
然而他的亚热带季风气候区虽地域广泛——
革命者、诗人、作家、画家
翻译家、禅宗传人
却因地势复杂：私生子、情僧、吃货、浪子
被所有气象学家
严格界定为副热带和非主流
这个赤子，中国旧文化与新文化的桥梁

一生十一次到杭州疗伤

并且,殁后归葬在西湖之畔……

2022.4.9

岭南吟

把我从杭州西湖,送往九百三十年前的岭南
我要追随被贬的苏子瞻先生
给他当个小厮
陪他穿行梅关古道,翻越大庾岭
用脚步丈量英州、广州、惠州、雷州
儋州和廉州的秋风
将罗浮山和罗湖移植到他心中
代替他故乡的老峨山与岷江
为他磨墨,在宣纸上洇染出一幅洞庭春色
为他削竹杖、编芒鞋
跟着他在竹林下,且行且啸
任潇潇春雨,穿林打叶
助他在东坡种菜,摘荔枝
用五花肉为他焖东坡肉
挥动铁锹,帮他将红颜知己王朝云
埋进惠州的土地
为他打开韶关,放出他被关了六年的年华
在他脚下抛出一条被赦北归的古道
在他的巨幅人生画卷上,摁下我一枚
小小的印钤

2022.4.7

诗人龙彼德

骨瘦如柴。一堆干柴
扔进一粒诗歌的火种,瞬间便会熊熊燃烧

握着他冰冷的手,俨如握住一缕
从嶙峋的绝壁间淌下的冷泉

仿佛休眠的一座火山,仿佛他近八十年的
人生沧桑,都被冷冻在时光的容器里

诗坛逐日者。有着湖南人的倔强与霸蛮
以及楚巫般神秘的诗才

口腔中长着两根舌头:一根舌头藏着
十八部评论集,另一根舌头藏着十四部诗集

他挥拳从朗诵台上跳起来,顶破天穹
他落下去,大地抖动

2019.12.4

诗人多多

白银在动
青铜在动

雪山在动
黄土在动

鹅毛笔在动
笔管中的
大雪、母语和诗歌
一齐在动

2022.1.15

林黛玉批判

生闷气。葬花。焚诗笺
吐血

面对现实
我比你更郁闷、愤慨

但我,坚决不吐血
只吐口水

2022.4.10

雪国，或曰一场虚构的雪
——致川端康成

一支庞大的白色舰队遮天蔽日
倾斜着向着大地航行

北风的河道上，飘满白色旌帆
它抵达冬日，静泊在大地上
大地成为一艘更大的白色舰艇

大地启航，在自己的白色中航行
它旋起白鹭、白狐、白兔、白菊和白梅
这些唯美主义的白色浪花

雪落在崇山峻岭之间
这大地裸露的足弓，如艺伎驹子
"每个脚趾弯处都是很干净的！"

一个雪国在白纸上堆放白银
一个启航的雪国
被白酒的河流托举

一只乌鸦斜刺里从天空掠过
如一道刀影或隐疾
又迅即被雪掩埋

2020.12.19

唐朝牡丹

沉香亭边,李太白风和日丽
杨玉环这朵大唐最肥硕的牡丹
在远处的华清池怒放

杜子美雨横风狂,牡丹隐匿了行迹
翻遍《唐诗三百首》
也找不出一株确定的诗圣牡丹

白乐天身边一丛深色花
惊动了长安城十户中等人家的赋税
和咸阳道上的一片哭声

贵妃的花萼残了。紧跟着
硖石关、雁翎关、函谷关和潼关
这些花瓣纷纷萎落

花开,唐盛
花谢,唐亡

2021.5.25

阮籍

一驾马车载着阮籍在旷野奔驰
跑至路途尽头
马停下脚步
阮籍一场大哭

一千六百年前,阮籍替我哭过
我不用再哭
他在我这个年龄代我死了
我不用再死

2021.8.13

扫地僧

扫地僧一门心思在寺院扫地
他手中的扫帚,不轻不重
将片片落叶归置在台阶下
扫地僧的身后是大雄宝殿
正中端坐着释迦牟尼佛
药师佛和阿弥陀佛分坐东西首
扫地僧偶尔也出现在藏经阁里
他在灰尘上走动
却不惊动一丝纤尘
扫地僧将八面来风都放进大殿
他被风带起的袈裟像一把锈锁
绝不放出任何一缕风

2021.7.6

大宋

一场细雨。大宋河山扇形打开
一头蹇驴，驮着一个诗人
蚂蚁般从折缝翻越扇骨

一柄秋风的长剑，横贯天地间

折扇边缘。唐朝的骏马在奔腾
元朝的铁骑在呼啸

2023.11.14

四爷

四爷一身的绫罗绸缎
在大四合院里走动
马褂上缀饰的前清泛着幽暗的光
沾着枪炮声的长袍
拖在民国的砖地上

四爷提溜着鸟笼,满皇城根转悠
不是去茶楼,就是去古玩轩
要不就是混在戏班里
效仿那个名叫沈婉秋的名角
捏着嗓子,扮演花旦

月黑风高的夜晚
四爷常双手拨开院门上的横闩
把被追捕的进步学生、地下党员
或抗日群众放进来
藏进暗门里

四爷将为国捐躯的侄儿的大刀
供在台案上
面对破门而入的日寇
四爷平生第一次唱起了武生
他一把抓起供台上的大刀——

"小鬼子们,去死吧!"

2020.11.16

富春江：1927 年纪事

郁达夫与王映霞夜游富春江
郁达夫拥着王映霞倚靠在石栏上
一如怀抱人间绝美的山水

王映霞紫色的贝雷帽下
明艳着一张娇羞的脸庞
一丛鲜花，怒放在春天的悬崖下

码头下泊满渔舟
三角铁锚牢牢锚住岸上的夜色
江中驶来一只迟归的小船

郁达夫说："我们换个地看他们吧。"
王映霞摇头："我想看看
今晚是不是就睡在船上。"

江风扬起的飞沫
濡湿了王映霞的裙摆
郁达夫说："江边风大，早点回吧！"

2021.2.20

城南旧事

北平城南。一个失踪与遗弃的时代
制造了生死不明，以及一个女子的疯癫

善良是个魔术师，六岁的小英子在惠安馆
将妞儿变回小桂子，将秀贞变回母亲

急于寻夫的秀贞拉着女儿，在狂风暴雨中
完成了一个旧时代车轮与铁轨的隐喻

一棵柳，看见年轻的厚嘴唇的张丰毅
与英子在荒草地里相遇，最终被巡警抓走

夹竹桃散落一地
爸爸的花儿谢了

一头小毛驴，驮走了宋妈
一辆远行的马车，载走了英子的童年

2022.7.30

一个走了的人

一个走了的人,再也不会微信发帖
当然再也不会发生
朋友们热腾腾地为他转帖
一个走了的人,正在真正离去
即便日后在他的忌辰,或者平时
有朋友偶尔想起他
翻出他的诗歌,回想他的音容
都像一座撤去柴薪的老窑
余温尚存
而火焰已经熄灭

2022.8.18

泊船瓜洲

——王安石同名作古诗新题

介甫兄,又想家了吧?
你写这首诗时,正好和今年的我同龄
作为同龄老庚
更作为江西老乡,没有人比我
更能与你共情

我知道,在你违背本心
第二次入相,从京口动身向汴京进发
夜泊于瓜洲之时
你回首的,绝不单单是钟山
——你的第二故乡

你回首的,一定也包括
你自小生活了十余年的故乡临川
那里遗落着你无忧无虑的
童年与少年时光
那里的月亮,蓄满了你真正的乡愁

在乌鸦的世界里,白天鹅是一种原罪
自古皆然
以你的雄才大略,那些宵小
岂在你眼角?
但世界的规则,正由他们制定

我理解你的退意
宦途险恶
我们江西人的血管里，都丛生着
一片名叫陶渊明的菊花品种
失败，是命定的结局

我曾在你的故乡工作过三年
并且在三十六年前，去过你的纪念馆
对着你的塑像，稽首三拜
拜大宋官宦眼里的拗相公
拜列宁口中的中国十一世纪的改革家

我也曾去过你首次出仕的鄞县采风
听鄞县人民缅怀你的治水之功
我还曾在《〈资治通鉴〉通俗演义》
这首诗歌中
演绎过你与司马光的斗法

今年是你诞辰一千年
一千年是什么概念？一千年来
瓜洲的码头风化了多少回？
江南岸的春风和你的乡愁
又被你诗歌中的明月吞吃过多少回？

2022.5.20

石头记

一块玉石,从倾斜的楚国
坠入汨罗江

水花冲天,爱国主义的江水
涨上中华五千年的天空

玉石碎裂,化为粽雨
纷纷砸进水面

一些碎玉被菖蒲从水中捞起
凝成龙舟

另一些沉落水底
长满青苔与诗歌

2022.6.3

风暴

1918年农历七月十三
阳光的风暴席卷杭州
在通往西湖虎跑定慧寺的山路上
走着李叔同
他怀揣内心已经熄灭的风暴
走进弘一法师

一个更大的风暴
在他身后刮起

人生千万劫
最难渡的是情劫

在风暴中,我看见一个个女子:
费贞绫、陈晓旭、李娜、杨洁薇
桑尼、庄文清、赖冰霞……
与李叔同一样
怀揣内心已平息的风暴
从红尘中走出

在空山外
留下一个个风暴的蝉蜕

2022.9.15

慕白

慕白兄说:"好诗人都在去文成的路上。"
吓得我一直不敢去文成
我有自知之明,我不是好诗人
我只是个好人。尽管我知道
好人大于好诗人
公元2022年10月15日
我终于去文成了。那么这一天
是否从此可以成为我的好诗人起始日?
作为当代文成诗坛最有名的人
慕白一直被朋友们谑为"文成公第二"
他以前酒量酒风不输李白
他现在酒风酒量正好慕白
我以前只是对他的诗歌表示敬佩
在我们同游百丈漈归来的路上
他自叹老眼昏花
连美女也看不清了
但他居然能发现远处灌木丛中
隐藏的一只珍珠鸟
看不清美女,却看得清山水兽禽
这样的慕白令我肃然起敬

2022.10.27

岑参：逢入京使

故园东望路漫漫。我的故园
在那太阳升起的东方：长安、南阳（抑或江陵，
　　我也糊涂了）
甚至更遥远的杭州
我要去的安西，在那太阳落山的地方
荒远、苦寒
羲和驾着金乌，朝发夕至
而我骑着马，在路上走了一千二百五十余年

从走出故园，到跨上马背，我耗去了三十余年
　　时光
五岁入蒙学，九岁作出锦绣文章
二十六岁进士及第，名列榜眼
守选三载
多少回亲见长安城万人空巷，争相前去围观国色
　　天香的牡丹
一骑疾驰，带露的荔枝流矢般洞开骊山千门
大唐在一片虚假的繁荣中，缔造了一个纸上盛世

前方连角而起的四面边声，令我热血沸腾
抛家别舍，只为心中那份未酬的男儿壮志
想我半生蹇促，功名不遂，只得西出阳关任职
在漫漫的寂寞旅途中不期然邂逅返京述职的阁下
他乡遇故知让我倍感温暖

双袖龙钟泪不干。我们的马头相反
我们泪眼相向，宽大的衣袖怎么也吸收不了我的
　　滚滚泪水

您要继续东归，我则要继续西行
鞍马倥偬，只能交臂而过
我年幼时父母双亡，您归去的帝京，只有我的拙
　　荆稚子
真想托您给他们带封平安家信回去
可是马上相逢无纸笔。即使带了，也没有时间
　　书写
我的马已疲惫不堪
我上任的时间迫在眉睫

离京时牡丹灼灼，出塞后北风卷地
功名只向马上取。壮志与故园我都无法割舍
凭君传语报平安。拜托您帮我捎个口信
——可一定要带到
就说我一路平安，以慰悬望的他们
以及那个一千二百五十余年后的我自己
在这黄沙漫漫的古道，我们相互拱手，就此别过

2022.12.18

话说东坡

一个东坡吟诗填词作文
一个东坡写字画画
一个东坡汲泉煮茶
一个东坡夜游赤壁浩浩乎如冯虚御风
　飘飘乎如遗世独立

一个东坡与佛印和尚谈禅论道
一个东坡左牵黄右擎苍老夫聊发少年狂
一个东坡月下思念远方的弟弟
一个东坡悼念埋在短松冈下的亡妻
一个东坡在西湖筑起苏堤

一个东坡满肚皮的不合时宜
一个东坡惹下乌台诗案
一个东坡在黄州开荒种菜
一个东坡在惠州与王朝云相濡以沫
一个东坡被再贬岭南

一个东坡研制东坡肉东坡肘子东坡凉皮
一个东坡为儋州培养进士
一个东坡过大庾岭北归
一个东坡光风霁月
一个东坡海阔天空

一个东坡在北宋一蓑烟雨任平生
无数个东坡结晶为一颗巨大的钻石
每一个切面都迸射着光芒：文学家
艺术家、教育家、政治家、哲学家
美食家、水利家……

2024.4.25

泸州

我是一个俗人。一看到"泸州"这个名词
马上就闻到一股酒的浓香
这样说来，我也勉强能算作一个合格的酒徒
知道浓香型与酱香型的区别
如同四川不同于贵州

关于泸州，我知道得非常有限
以前我是把泸州与飞夺泸定桥联系在一起的
查看资料方知它只关联强渡大渡河
对于一个天生方位感差的人来说
这种错误不知是否可以原谅

生平第一次见到泸州人是十三年前在北京
参加首届中国作家论坛时
认识一位泸州来的大姐
这些年岁月的沙尘暴一场接一场刮起
她的姓名早已被遗忘掩埋

如今我与泸州的联系
除了泸州老窖的一缕浓香型酒线
就是外表阳刚的家门诗人涂拥先生
因为拥有同一个祖先，我喜欢上了他的人和诗
因为他，我爱上了一千八百公里外的泸州

2023.2.22

白娘子传奇

白娘子那么白，比断桥上的白云还白
比白素贞的白还白

白娘子的白，在那年端午被受法海教唆的
　　许仙，泼上了一碗很黄很黄的雄黄酒
像一袭仙气飘飘的白衣
被泼上了一碗酱油

白娘子从自己的白中，显出原形
美丽的蛇妖，吓死了白色控许仙
白娘子从雄黄和艾香中
恢复自己有孕在身的白

并且驾驭自己的白，飞往灵山
盗取灵芝草，救活许仙眼眸中的一袭白衣

之后的故事大家都知道
白娘子涨起满西湖的洗洁剂漫向镇江
将金山寺和寺里的法海
浸泡在一片白色泡沫中……

白娘子，将一匹凄美的爱情绸缎
洗涤得像白云一样洁白
千百年来，飘逸在西湖的天空中

2023.6.14

第三辑

二泉映月

越瓷赋

> 越窑有青瓷,曰"母亲瓷"。
>
> ——题记

我写的是越瓷:
一种在窑中烧制了七十年的"母亲瓷"
它来自高岭土——人民一样的赭色泥土
它以铁为着色剂:一种从二万五千里长征
这根龙骨中,萃取的意志和钙

它属于一款首创的变色釉瓷器
镶嵌在铜红釉面上的星星
呈现出与秧歌和延安同样的金色
它江河纵横的冰裂纹,拼组出一座巍峨的
天安门城楼

它孕育于上古的商周时期
长着釉陶和印文陶的胎记。铁器时代的胎教
使它的釉彩,养成了镰刀与锤头的秉性
它有个古老的名字:"China"
它的底部题着这样的款识:"中华人民共和国"

它是美的化身:山水中出没着
龙、虎、狮、豹,飞翔着凤、鹤、鸰、莺
游弋着鱼龙、鸳鸯,绽放着牡丹、幽兰

它以一朵盛开的莲花,融汇世界文化
它以卷草和宝相花的纹路,勾勒中华文明

它有着一个庞大的家族:
越窑、官窑、汝窑、龙泉窑、耀州窑
如同九百六十万平方公里的版图
拥有东北、华东、华中、华北、华南
西北和西南这样辽阔的疆域

它的胎骨,薄如一张水墨氤氲的生宣
它的釉色,润如一块晶莹剔透的良渚玉
它又名缥瓷、艾青、翠青、粉青、千峰翠色
一如汉、满、回、藏等五十六个民族
同属一个中华民族

它在历史的高温窑里涅槃
配料、成型、修坯、装饰、施釉
素烧、装匣、装窑、烧制
复杂的工艺流程,像极了革命与建设的
曲折道路——

施釉:一大、南昌起义、秋收起义、长征、
  抗战、三大战役,二十八年艰苦卓绝
素烧:"三反""五反"、"大跃进"、十年浩劫、
  改革开放,七十年在窑中,一层层施釉
一次次经受烈焰的煅烧

终于烧出了一种亘古未有的秘色瓷:

中国特色社会主义
天青色等烟雨
我认出那是鄱阳湖、洞庭湖、太湖、洪泽湖
和巢湖的蓝天、碧波与烟雨

胎质细腻的南方瓷,有着江南女子的
雪肌冰肤
它隐身在百花丛中,被指认为寒兰
胎体厚重的北方瓷,黄土高原上的汉子
白羊肚头巾中,裹着一轮长河落日圆

均匀施釉:像从拉响警报的基尼指数中
救起坠崖的贫穷
像东西协作的巨笔,抹平山海之间的沟壑
像高悬的达摩克利斯之剑
遏止疯狂向上生长的贪欲

天工造就:开片难以人为控制
裂璺无意而自然
像钱塘潮形成于天体、地形和风势的共同作用
像蜻蜓怀抱的
清水出芙蓉的审美情趣

"九秋风露越窑开,夺得千峰翠色来"
线条中的青蛇、造型中的观音、色泽中的乳虎
从泥土里复活的玉
停栖在桌几上的镜
回荡在生活里的磬

一种重要的贸易瓷：
"瓷器之国"向着世界敞开的心胸
经由古代的"丝绸之路"
和新时代的"一带一路"
抵达另一种文明的腹地

它是一种易碎品，需要用心呵护
一旦破损
需要使用女娲遗传的手艺进行修复：
清洗黏合、补缺、上色做釉
犹如修复被破坏的自然生态

一座越瓷窑，焙烧出一个民族的文化风尚
它青绿闪黄的荷叶盏、花口盏
盛着一个大海：一页诗歌的风帆
掠过晋时清风和唐朝明月
从日边，向着我们驶来

2019.4.29

钱塘江:漂移的文化板块

地球飞速旋转的潮汐力,牵引着钱塘江文化
向西漂移
从西湖文化、大运河文化、宋城文化和钱塘江
　文化
四大板块构成的杭州文化的边缘
向着中心挺进

从边缘站到中心,钱塘江文化走过了一条
与中华文明史等长的道路
新石器时代,江干人模糊的身影
就皮影一样出没在钱塘江边的涛声里
春秋时期,越、吴、楚三国的铁锯
锯得这块土地血肉横飞

秦朝置县,县名钱唐。东晋时县治落址在凤凰
　山麓
隋唐、五代、南宋,州治、王城、皇城
钱塘江文化板块
开始了向着杭州文化中心的运动
宋至清代,境分钱唐、仁和
自我积攒着裂变的当量

地心岩浆的攒击、文化板块之间的冲撞
钱塘江文化,也曾一度重新被推向边缘

然而斥力有多大,反弹力便有多强
钱塘江文化,一直没有停止过与地心力量的抗争
"跨江发展"的月球引力,勾住了它飘离的风暴

东接上海,勾连浙西、浙东
一条"Y"字形的铁路干线横贯全境
像心脏的主动脉
空中铁鹰的银翅掠过杭州八千年的历史铅云
地上纵横交错的公路与水路,这密布的静脉血管
繁忙地运输着亲情、梦想和财富

这里栖息着一个速度的族群——
高速家族:沪杭甬、杭金衢、杭昱和绕城
桥家族:二桥、三桥和六桥
地铁家族:1号线、2号线、4号线
快速路家族:石大、德胜、环北—艮山;秋石、
　　　　　　东湖

火车东站:盛开在江南烟雨中的一只银色莲蓬
亚洲最大的交通枢纽之一
九堡客运中心:上演乡愁与壮游大片的魔幻城堡
华东最大的国家一级客运中心站
它们与隔江对望的萧山机场鼎足而立
将杭州的风雷,送上全球互联网的高空

九街一镇:凯旋、采荷、闸弄口、四季青、白杨
笕桥、彭埠、九堡、丁兰和下沙
杭州一颗新生的心脏,它按照美学的节律收缩

为杭州文化
泵输着政治、经济与文化的鲜血

钱塘江与大运河在这里汇流。运河止步
钱塘江启程
一江春水如练,白练上彩绘着杭州CBD的磅礴
　　图案
日月同辉、市民中心、城市阳台与万象城
一齐点亮七色霓虹,在黑色灯芯绒的夜幕上
勾勒出一幅"钱塘智慧城"的绚丽图景

从跨江发展到拥江而兴
钱塘江文化板块向着杭州文化中心又前进了一步
四大板块的挤压中,钱塘江时代轰然隆起
新时代里住着我三位朋友,他们的名字叫
钱繁荣、唐富强、江美丽

2018.8.18

浮玉:展翅之蝶

天目山古名浮玉山。天目之名始于汉,《元和郡县志》记载:"有两峰,峰顶各一池,左右相对,名曰天目。"

——题记

一只年约一亿五千万岁的斑斓巨蝶
燕山期江南古陆孕育的精灵
它伸展着东天目山和西天目山这双巨翅
在临安城北,酝酿一场新时代的翔舞
它敏感的触须,一根伸向太湖秋雨
一根探入钱江春潮

一对天目,镶嵌在东西两道高耸的眉峰下
望断苍穹和人间的沧海桑田
这对钻石般的复眼
每一个棱面,都映照着
日月经天,江河行地
王朝更迭,草木荣枯

神奇的动植物王国:森林中穿行着云豹
黑麂和白颈长尾雉,翩飞着中华虎凤蝶
丛生着柳杉"大树王"、金钱松"冲天树"
更有五代同堂的"活化石"银杏祖孙树
将一个农耕文明的幸福家族
藏匿在古老的宗法秩序里

佛、道、儒的教义染织在同一块蓝花布上
西汉张道陵修道的"三十四洞天"
南朝昭明太子分经读书之所
韦陀菩萨驱魔护法的道场
狮子正宗禅寺、大觉正等禅寺与禅源寺
日本、印度和朝鲜等国僧侣的身影在出没

它的左翅东天目山是一只绿色的翅膀
叠印着峡谷、瀑布、森林、云海和奇峰图案
它的右翅西天目山以寺庙的黄色为主色调
一串金色的菩提叶,从一片绿海中浮起
绿色文化和宗教文化牵引着它的双翅
掠过江南美学蔚蓝的天空

这里的岩性以花岗岩、流纹岩为主
足以抵御风霜雨雪的侵蚀
由此萧统、李白、皎然、白居易、钱镠、苏轼、
 　刘基、张羽、徐渭、袁宏道等人
写在岩石上的诗文,亦成为不朽之作
"太白吟诗石"的镇纸,压住翻书的清风

裸露的断崖流淌出血火记忆——
1939年,从禅源寺传出周恩来的抗日誓言
1941年,禅源寺被日寇轰炸机从火光中抹去
1945年,新四军展开三次自卫反击战
挫败国民党凶顽的罪恶阴谋
千古名山,涂抹上一道瑰丽的红色

五棵全球仅存的天目铁木:"地球独生子"[1]
这物种的遗存、历劫不磨的象征
像巨蝶的钢足,紧紧抓住大地
汲取太阳的温暖,积聚起飞的能量
阳光的瀑布从高空倾泻而下
巨蝶的头部、胸部与腹部一齐在蠕动

这只蝴蝶的君王,在天地间展开斑斓巨翅
它要重整仪容和体态——
用生态文明的春雨,洗尽翅膀上的枯枝败叶
用统筹发展的阳光,增强足部弹跳的力量
用环境革命的柳叶刀,剜除肌体上的腐肉
用转型升级的输液器,给血管注入新鲜血液

这只斑斓的巨蝶,再一次从钱塘大地起飞
红色文化和民生文化
为它插上了一对簇新的翅膀
绿色文化、宗教文化;红色文化、民生文化
两对翅膀一齐振动
正在引发一场新的蝴蝶效应

2018.10.14

---

[1] 天目铁木是中国濒危物种,仅分布于浙江西天目山,现仅存五棵,稀有种,被誉为"地球独生子"。

天目山奏鸣曲

这是天地之间一场怎样盛大的音乐会？
舞台前竟布设了东天目和西天目两大乐池
指挥这支交响乐团的人是谁？
他手中挥动的，竟然是太阳的光柱

以峡谷为琴筝，云峰为编钟
以深潭为大鼓，奇石为铙钹
以瀑布为琵琶，银杏林为竖琴
以溪流为长笛，金钱松为大管

禅源寺做钢琴，读书楼做管风琴
铁木做长号，吟诗石做小军鼓
绝壁身着燕尾服，列队吹奏小号和圆号
古木一色绿色长裙，演奏小提琴与中提琴

翠鸟奏响双簧管，泉水拉起二胡曲
松鼠吹起葫芦丝，树蛙敲击定音鼓
山风拉响柳杉王这把大提琴，云豹、黑麂
长尾雉、虎凤蝶的音符，在森林中飘荡

旋律陡转激昂悲壮，我听出了
那是低音提琴和大号在协奏
它带着1941年日寇轰炸机的尖啸，以及
1945年春夏天目山战役反击顽敌的怒吼

一曲悠扬的小夜曲,擦去历史暗夜的硝烟
红色的枫叶纷纷飘落,覆盖着天目山
绿色名山因为红色色系的加盟
变得更加亮丽和瑰奇

乐曲进行到第四乐章,乐器齐鸣
一支金色的萨克斯管探向蓝天
开始领奏一首"美丽天目山,幸福宜居镇"的
　　时代新曲

2018.10.14

亚运志（组诗）

"手语姐姐"——毛董莱

她竖起右手，三指叉开，拇指与食指
捻成孔雀嘴手型

她用一双舞动的手，为听障者
搭起一座沟通生活的"无障碍桥梁"

——一座由孔雀搭成的桥梁
一座世界上最美的桥梁

她自身也曾是一个听障者，在无声的世界里
像一粒不屈的种子，冲破命运的黑土
绽放出绚丽的花朵：手语主播、手语博主
手语主持、手语翻译、"爱心形象大使"

这个人见人爱的"手语姐姐"
她的手势，是她向世界打出的旗语

她努力使唇语和手语，与自己的心语谐振
像百灵挤压鸣管，校准春天的音色

她最初是一个毛董莱
她现在变成了几十个毛董莱

她坐在亚运会融媒直播大厅，面带微笑
将赛场上的呐喊声翻译成一帧帧跃动的画面

她一手五指微曲，掌心贴两下太阳穴
对世界说："这是杭州！"

亚运"莲花碗"

我把它们视作两株碗莲
一大一小，绽放在杭州大地上

我从它们铁骨柔情的花瓣上
看见一匹匹丝绸在飘舞

听见西湖在月光中荡漾
钱塘江在风中轻吻堤岸

内刚外柔，向世界宣示一种国家形象
以花的姿态，拒绝战争与严冬

固定花瓣与开闭花瓣参差交错
东方哲学在这儿得到完美体现

纯洁的白莲花，是亚洲四十五个国家
　　与地区捧出的皎皎心花

喧嚣的声光电，是亚洲人民血管中

呼啸的体育精神与血液

旁边的"亚运三馆"展开美丽的蝶翅
完成了一幅"蝶恋花"的当代中国画

从太平洋裁来的一片碧波中
浪里白条溅起满池的白色浪花

亚运村是亚洲最大的一个"村"
村民操着五花八门的乡音……

地铁"亚运号"

地铁"亚运号"——19号线一辆定制的亚运专列
十条杭州地铁线姐妹花中最靓的女子

披着亚运会会徽头巾,身穿一套虹韵紫运动衣
在杭州总长五百一十六公里地铁轨道的某一段奔跑

从清晨到黄昏,她一身的紫气在光影中飘拂
像紫气东来的国运

领着穿青着紫的1、2、4、5号线上四个小姐妹
站在杭州亚运会第一道窗口,迎接四海宾朋

伸展纤纤玉手,将萧山国际机场、火车东站
火车西站三大核心枢纽揽在怀中

她脖子上挂着那条串联萧山、上城、拱墅、
　　西湖、余杭五区二十二个比赛场馆的珍珠项链

在西湖、湘湖、钱塘江、大运河波光的映衬下
闪烁绿色、智能、节俭、文明的光芒

一道流动的亚运风景线
传递着中英双语与小语种的爱与温暖

她和四个小姐妹组建的"1+4"亚运主题列车群
如同国旗上的五星幻变而成

亚运落幕后,她身上的亚运元素将永久保留
像永远不灭的亚运精神

大运河亚运公园

一块神奇的飞毯
停泊在杭州城北

七百零一亩的毯面上,落满亚洲四十五个
　　国家与地区的歌声

经过整一年的敛翅休整,2023年9月23日
是它正式起飞的日子

挣脱疾病的泥泞
向着体育精神的碧海蓝天飞腾

飞毯上站着三个孩子：琮琮、莲莲、宸宸
组成"江南忆"世界文化遗产魔法小组

来自良渚古城的琮琮，有着与大地和丰收
一样浑厚的黄绿肤色

西湖的女儿莲莲，头顶三潭印月的冲天辫
着一袭绿裙子，比初夏的莲叶更清新

拱宸桥的三孔，化为宸宸的双眼和嘴唇
他的脸上，绽放着科技蓝的调皮笑容

这块神奇的飞毯，被琮琮们施加了魔法
拥有了分身术。亚运期间——
它每天裂变成五十六块飞毯，载着三个孩子
飞往杭、甬、温、婺、越、湖各比赛场馆

2023.7.1

盐官

一个古老的名词,两千多岁了
一直作为主语,出现在汉语中:盐官观潮

它从瞳仁里抛出两道粗壮的缆绳
从遥远的太平洋拽来一场场潮汐

一个安静的名词,体内却包裹着千钧雷霆
和贴着海面横扫而来的闪电

一个潮湿的名词,从没有干爽过
海鸥与浪花,在它的词义里翱翔

一个咸津津的名词,咸得就像六月天
从海塘壮健的臂膀上滚淌的汗水

盐官,一个天底下最牛的官
戴着大海的冠冕,任期终身制

占鳌塔与海神庙像两个严厉的副词
将云水之怒严格规限在安宁吉祥中

这个名词就像一粒种子,播撒在钱塘江畔
繁衍出一篇《观潮节》的千古雄文

每一个男人
都应熟悉这样一个风云激荡的名词

每个男人的一生
都应卷起这样一场波澜壮阔的大潮

2020.8.3

鱼鳞石塘

惊涛骇浪的铁骑,从大海深处向着岸边掩杀
这大海上的游牧民族,习惯了马背上的征战

雷霆隆隆,是它们擂响的战鼓
堆雪怒卷,铁蹄溅起冲天尘土

旌旗蔽日,大海侧立,巨鲸在浪涛间飞窜
岛屿被呐喊声掩埋,成为暗礁

乌云拽着呼啸的战车,辘辘疾驰
亿万头猛兽,裹挟着恶浪发起一轮轮冲锋

闪电的马鞭霍霍,暴雨斜飞着扑向海岸
那是亿万支齐发的黑亮箭镞

看哪!那匹风驰电掣地冲在最前面的战马
是杀人浪——主帅的坐骑

飓风这位暴虐的君主指挥着他的铁骑
在大海上纵横决荡,所向披靡

然而,这支铁骑在海宁遇到了顽强的抵抗
一道鱼鳞石塘,绊住了它不可一世的马蹄

这支以石为甲的铁军,拉开一字队形
用铁躯做盾,守住了海潮一次次的进攻

海宁鱼鳞石塘,海宁大地的"守护神"
一座不可摧折的"捍海长城"!

2020.8.4

徐志摩故居

先去拜谒了你的墓地,再来瞻仰你的故居
从你的死,回溯你的生

如所有名人故居,人去楼空。你和它们的主人
都去了远方一个名叫永恒的国度

你墓地两侧的两块诗碑,都像展开的诗卷
复活了你在济南天空摧折的生命之翅

两处故居,一老一新。老宅被拆毁,唯余
    断壁残垣
恰似你当年残忍拆毁的旧式婚姻

二十二个春秋。你在老宅成长的日子多么漫长
漫长如老父殷切的期待和张幼仪孤寂的长夜

不足一月。你与陆小曼在新居的日子多么短暂
短得就像你三十四岁的绚烂人生

你出生于旧家庭,却毫不顾惜地摧毁旧
你单纯而狂热地信仰新,从硖石镇出发
向着杭州、上海、天津、北京,纽约、剑桥
一路狂飙突进

新的力：爱、自由、创造……
新的美：新月派、新洋楼……

轻轻地你走了，衣袖轻挥，不带走一片云彩
魂兮归来！魂兮归来！

2020.8.4

海宁人王国维

名湖自古就是用来沉璧的。譬如昆明湖之于你
譬如太平湖之于老舍

一块绝世和氏璧，刻上了旧时代的篆文
拒绝修改。一封遗书，将你的绝望和盘托出

旷古的治印大师，矻矻一生，将自己
治成了一枚名贯中西的印玺

你先用精进的砂纸，将生命打磨平整光滑
修磨成与志向和兴趣契合的形状

然后，你把学问的宣纸蒙在印面上
以探索的手指按压出印面边廓

接着，你在边廓之中勾画出西洋文化印稿
再转印到东方文化的章面上

偶尔你也会将西洋文化的反字
直接书写在东方文化的边廓中

因为功夫深了，你已不需要印床
一手拿着篆刻刀，一手持印，庖丁般进刀

你融贯中西,自辟户牖,成为新史学的
开山巨擘,国学大师中的大师

最后,你用鲜血作为印泥,盖在遗书上
永远消失在灯火阑珊处

2020.8.4

侠之大者：金庸

侠之大者，在英雄已死的年代
用文字为男人们构筑了一个快意恩仇的武侠梦

他甫一踏进武侠小说的江湖，就派遣陈家洛
循着《书剑恩仇录》的情节，代替他回到故乡

他从汉语的武库里，调出那么多锋利的名词
倚天剑、屠龙刀、玄铁重剑、冷月宝刀……

让乔峰、郭靖、令狐冲、胡一刀这些英雄
携至华山、光明顶、少林寺、六和塔和重阳宫

在九阴真经、九阳神功和乾坤大挪移等秘籍中
绽放侠义与正义之花

他让一根打狗棒替天行道，在危难关头
绊、劈、缠、戳、挑、引、封、转，镇邪除奸

他从人性中，萃取正直、善良、悲悯和痴情
让玉箫战胜血刃，让圣火令战胜蛇杖

他摘下大侠们手中的兵器，以及刀剑掌拳之法
让他们以无形气剑御敌，以无招胜有招

他在自己的武学观和武功体系里
修成一个温文尔雅的儒侠、一代通俗文学大师

晚年他沿着血脉的走向,以查良镛的真名
六次回到海宁。他永远与故乡同在

2020.8.5

唐仁同山烧

满村人都姓寿,为什么叫唐仁村?
飘荡在山间的薄雾,藏起了村名的来历

其实叫酒香村更名副其实。一进村庄
一股醇酽的酒香便扑鼻而来

踏着晾晒在地上的酒糟走向越庄酒坊
宛如当年越国将士踏歌行进在山阴道上

一片蓝天下,几笔卧墨挑起几道翘檐
墨痕下粉墙如幕,织就一幅江南雅韵

拨开一挂中分的"酿"字门帘
我们便进入了同山烧的绣房

这个高粱般婀娜的女子
有着玉带泉般冰清玉洁的肌肤

她在月光曲中蒸着桑拿
在太阳的沙滩上做着日光浴

之后卧于一床蓝色印花被中
饮下一剂药曲,将相思发酵成一坛春色

蒸腾的梦幻在冷凝中变得愈加清晰
她羞涩地擦上胭脂藏进春天的绣房待嫁

诸暨又一个美丽的西施
从此成为天下男人的梦中情人

2020.8.13

丽坞底

一盏1927年的马灯,搁在丽坞底文化礼堂的
一张旧桌上

桌板枯缩,现出历史的裂痕
当年围坐在一起的播火者,消失在岁月深处

马灯浑身锈蚀,落满灰尘
像一件出土文物,在21世纪重新被打量

提把竖起,提灯的人早已远去
门外的石上,遗落着他们急促的跫音

缄默的圆形灯盖,盖在马灯上
扶住摇晃的风,保守着一个时代的秘密

灯盖下,三只方形小孔俨如三扇铁窗
从里面飘出呐喊、怒火和囚歌

鼓形玻璃罩像一只大腹,吞吃了巨大的黑暗
消化后的残渣沉落在罩底

阳光除去灯座旋针上的铁锈
重新捻亮灯盏

马灯又亮起来了,它银色的光芒
向着门外射去,铺就一条通往远处的大道

红色旗帜奠定的革命美学,在马灯的照耀下
再一次熠熠生辉

2020.8.10

布谷

布谷村真是一个好名字。我们一看见路牌
耳鼓就立马灌满了"布谷布谷"的欢鸣声

在湖山雅韵民宿,老板娘告诉我们
布谷村的鸟,都有二两白酒好喝的

微醺的布谷村,晒着一个布谷湖的大肚皮
大肚皮上扎着一条游步栈道的长腰带

我们围坐在湖边的大树下大碗喝茶
用微苦的"六月霜",浇灭身体内的酷暑

在八十四公里外的杭州诗人微信圈中
引起一片赞叹:"这气势感觉要上梁山!"

忽然微风掀起布谷湖的一角衣袂
老诗骨寿劲草惊呼:"同山镇走光了!"

午餐时,老板娘端着一壶自制的同山陈酿
绕着诗歌,满桌子展示布谷村的海量

当诗歌遭遇同山烧
诗歌连连败下阵来

散席时,老板娘说,欢迎诗人们再来布谷
暗号:布谷村的鸟,都有二两白酒好喝的

2020.8.9

边村宗祠

一座立体的江南。流水在木头深处响动
泥土与黄金,站在了宗族的最高处

镜头推远,晚清的白云在百年前的天空飘荡
镜头拉近,蓊郁的青山怀抱着一截沉香古木

边村宗祠的正确打开方式:从春天出发
跟随燕子的翅膀,向着古老的宗法秩序挺进

在腹笥亭这个逗号旁稍做停留,以破折号的
轨迹,沿脚下一条才华横溢的甬道继续前行

跟着就有一个巨大的感叹号如滚石从天而坠
一座龙章表节石牌坊囚禁着一团生命的火焰

正厅内边氏祖先们以缺席的方式齐集敦睦堂
如林的牌匾昭示了这个宗族曾经的辉煌

庭前的戏台俨然一座绚烂的艺术宫殿
泥金紧裹着檐柱、牛腿、浮雕、透雕和青衣的
  唱腔

两侧看楼的包厢里坐满了虚幻的看戏人
他们全都将自己的人生看成了历史的影子

后厅两侧的功德祠与孝节祠,像一个省略号
暗中诉说着农耕文化的精华与糟粕

从东侧配房腹笥书屋里潮起的琅琅读书声
覆盖了雕梁画栋和边氏祖先们模糊的面容

2020.8.13

天使之泪

沧海如一只栖息在大陆架上的珍珠蚌
澎湃的涛声,凝固成蚌壳上斑斓的花纹
一轮明月在波峰浪谷间浮跃
这颗沧海孕育的明珠
振动着一对银色翅膀,从沧海中飞出

它飞向会稽山,照亮了大禹弯曲的腰身
和他手中那柄被顽石咬去一角的长耜
先民们沿着洪水退去的河床
从四面八方赶来,将捡拾到的蚌珠
敬献给他们的大禹王

它飞向苎萝山下的浣纱溪
拂照着西施与星子一起在潭水中沐浴
将清白的身子,留给故国
它像一道追光,划破春秋时代的夜幕
护送西施和范蠡踏上复仇的路途

它飞离中国海,飞越印度洋
从埃及艳后的耳坠上,跳进一杯美酒中
它以自己的消融,使不忠和背叛
在一杯珍珠琼浆中
收回意马心猿

它飞经波斯湾，波平如镜的湛蓝大海上
一只小木船在悠悠漂荡
一个阿拉伯老汉正从海里浮出头来
他将手中的一捧牡蛎
扔进挂在脖子上的网兜里

它飞向爱琴海。波浪轻轻吻着岩石
赤裸的爱神与美神阿佛洛狄忒
正踩着一只荷叶形贝壳
如一颗夜明珠
从古希腊幽暗的神话中漂来……

2018.8.26

苏堤的桃花

苏堤的桃花姓苏。因为姓苏
苏堤的桃花便有了苏小小的娇羞与哀怨
苏小娟的缱绻与怅惘
苏东坡的恣肆与超凡

苏堤的桃花比其他任何地方的桃花
更多一份灵秀和明艳
里外西湖激滟的波光与水汽
滋润着她的精神与容颜

苏堤的桃花是西湖富养的小女儿
她见多了风流才子、达官贵人
所以不卑不亢、不磷不缁
一袭云锦裁成的大氅，飞扬脱俗的气质

苏堤的桃花：开一树为诗，开一堤成画
落一瓣为霞，落一地成海
见一眼心旌摇曳
遇一次驰魂夺魄

痴情者莫上苏堤看桃花。一看成癫
再看疯魔
恶俗者莫上苏堤看桃花。一看羞赧
再看投湖

2022.2.21

端午登西湖第一峰如意尖之西皮流水

正午时分,终于登上这西湖第一峰
我把自己从群山中剥离出来
远眺林间曲折的石径
我看见一条灰蛇,在草叶间蜿蜒而上
最终在如意尖
露出它尖锐的头角

多么奢侈,一个人拥有一片连绵群山
头顶是青天,脚下是万顷林涛
穿透六百六十余年的时光
我看见西南方的富阳山岙里
黄公望正俯身在画案上
镇纸下压着一幅《富春山居图》

湮没的湖埠十景,在阳光的显影液里
一齐在眼前复活
我倚在瞭望台的石栏上,张开双臂
从杭州最高处,将心中的怀念与祝福
抛向八百六十余公里外的汨罗江
和山外星罗棋布的高考点

从山脚到如意亭,从如意亭到瞭望台
大自然以一山更比一山高的哲学
向我们晓谕生命的真谛

始则凉风习习,继则大汗淋漓
每一次出汗,都是一场蛇蜕
每一场蛇蜕,都是一次新生

一个人的群山,但闻百鸟和鸣
但见蝴蝶翩飞。石径在荒草中出没
松鼠在高高的枝头窜来窜去
讨厌的各类昆虫,紧紧追随在耳畔
然而作为生命
它们与人类同样伟大

由于我的登临,如意尖又向着天空
长高了一点。若非为了山林安全
有意将打火机放在了山下停车场
我真想模仿一次凤凰
在这西湖第一峰上,集香木以自焚
制造一起壮烈的涅槃

2019.6.18

富春山居图

画卷一烧都会断的。前半截叫《剩山图》
后半截叫《无用师卷》

但是月光烧不断。月光是一种耐火材料
柴火烧不断,战火烧不断,乡愁也烧不断

月光是一卷质量上好的宣纸
它适合绘制人间至美的水墨画

我看见黄公望以山衬水,以水映山
用一条长长的富春江,漂起整座富春山

我看见黄公望以笔为楫,划动着富春山
在富春江上如离弦之箭

我看见富春江在大地上静静流淌
前半段叫桐庐,后半段叫富阳

2020.10.5

东梓关

遥看如一幅吴冠中笔下的江南水墨画
白帘为墙,黛云为瓦,绿纱为树
钻石般的远山,忙着搬运奢侈的秋色

进入东梓关,需越过一场辽阔的秋风
一片浩瀚的金色海洋:那起伏的稻浪
似一块无垠的绿地毯上撒满金色桂子

红糖躲在左边的蔗林中
白酒躲在右边的高粱中
蔗林和高粱,门神一样夹道将我们迎迓

一排排古雅的庭院叠成一本厚厚的册页
册页中,描画着亭盖般的院门头
石榴般的红灯笼和镜子般的池塘

爬上院墙的凌霄、蔷薇和珊瑚藤
与墙脚怒放的芙蓉相呼应
为这幅水墨山水涂抹了一片亮丽

安雅堂中,为人正骨的老中医已然远去
海晏河清,没见一个前来问诊的病人
只有络绎不绝的观光游客

徜徉在东梓关村的石板路与鹅卵石路上
如同乘坐着一块历史的飞毯。几幢老宅
斑驳的粉墙,似在放映宽银幕历史大片

离去时我看见富春江堤上有丛白首芦苇
伫立在消失的汽笛声中,好像仍在守候
一个从东瀛归来的游子,前来寻医问药

2020.10.4

郁达夫故居

先后五次来此造访郁达夫先生
已没有了最初的激动
就像到此探望一位老友
他在秋风中,正罹患那个时代最严重的肺病

他依旧十分任性,独自通宵达旦地
兀坐在富春江边,沉默不语
眺望江上往来的舟只
毫不顾及夜晚的风寒,会加重自己的病情

故居亦依旧,一个中等规模的院落
昭示当年它也只是一个境况中上的家庭
绝非大富大贵,当然也绝不贫穷
门前四棵丹桂和蜡梅,还浮动着民国的暗香

我熟悉故居的每一个角落
它的每一块楼板,都曾被我的跫音叩击
他的沉沦与呐喊,他的国仇家恨
都肺叶般长进了我的胸腔中

我与他多次合影。去岁暮冬富春江小型诗会
我曾取下红色驼绒围领
套在他的脖子上,为他御寒
我与他的嫡孙郁峻峰先生,一同喝过啤酒

我曾为他写过一文一诗:
散文《青铜的暗疾》
诗歌《东梓关,致郁达夫先生》
我早已把对他要说的话都写进这两篇文字中

郁达夫先生,中国现代文学史上
一条带病的桃枝
一位最真性情、最真实的作家
他和黄公望,共同擎起了富春江的文化天空

2020.10.4

罗隐故里

一溪曰松,任诞放旷
一溪曰葛,才华汹涌

二溪在此交汇,流过晚唐与五代
形成一个大大的丫字

混浊不堪的世道
有眼无珠的皇帝

罗隐这个草民圣子口
轻易不开言

一开言,便将一声詈骂
骂进了史册,骂进了山川大地

2021.1.30

钓翁罗隐

世路难行,不如登云钓月
他用五百首诗歌做成一架登云梯

躲进唐诗的云海中
将铁质的文字锤打成锋利的钓钩

以自己的脊骨为钓竿
向着人间,甩出一捧悲悯的钓线

钓月,钓星辰,钓萤火
钓自然山水,更钓人间苦难

这个瘦骨嶙峋的钓翁
最终将自己钓成了晚唐的一轮明月

2021.1.30

罗隐读书处

隐于书。书是书生屋
避风,挡雨。挡大半生江湖漂泊的霜雪

隐于书。书是书生褥
暖身,暖心。暖十次不第的酸楚,驱散周遭的白眼

隐于一场旷世的才华
如夏莲隐于浩渺水波,如雷声隐于晚唐

隐于叮当作响的月色
醉了,吐了,就扶住道旁一棵桀骜的松

连故居也被拆毁了啊,索性一隐到底
隐于一沓无字的元书纸中

2021.1.29

钱塘江流过正月初五的飞地

导航结束的地方,是小叔房

钱塘江在江堤下缓流着
它暂时收起了水势
一如岸沚新柳,在静止的江风中
暂时敛起了翅膀

芦花在枝头抱紧冬日的温暖
零星的油菜花
蜜蜂般停栖在荠菜的仰望中

垂钓的鱼钩
惊醒了一江春梦

2020.2.16

一个热爱水的人到哪儿都能遇上水

一个热爱水的人到哪儿都能遇上水
在信江和鄱阳湖的涛声中降生
在西湖、钱塘江和大运河的波谷中
老去青春年华
在长江与黄河的奔腾中
确认自己的父母之邦

一个热爱水的人,怀揣着盛大的水
在河边行走,与水结下血亲
他有时像从洗脸盆中拎起一条毛巾一样
将游步栈道边的河流拎起
濯洗自己沧桑的面容
有时又将河流像白色围巾一样
搭上自己的肩头
扮演当代李白

一个热爱水的人,柔中带刚
他将自由的风、不断变幻的云
和膝盖上的钙,视作人生
最贵重的黄金
一个热爱水的人,甘愿投入一条
浩渺的水流
去滋润自然界的花草木石
在相互激荡中

完成生命的轮回

一个热爱水的人带着洪水在旅行
一个热爱水的人
到哪儿都能遇上水
在萧绍运河岸边,他紧紧攥住
一条披垂的柳枝
以柳枝为笔,在春天的波心
画下一圈圈涟漪

2021.4.5

到萧山观看春天

到萧山观看春天。观看一场水的浩大演出——
一出改革版的越剧
剧目：《蝶变》
主角：萧绍运河（又名官河）

咿呀一声，从她轻启的朱唇中
飞出一行燕子
依旧是小桥流水的古典身段
头簪乌篷船
左腮桃花，右腮樱花
杏花尚未出墙，藏在云鬓里

杨柳织成的旦帔上
绣着一轮朝阳
她在春风中甩出一条古纤道的水袖
迈着唐诗的莲步，从逼仄的舞台转出
从浙东启程，穿越历史烟云
赶赴当代

阳光越过蒙山，驱散江南的薄雾
官宦、商贾、帝王和文人们
幻影般从她身边飘过
她美目顾盼，舞步盈盈
怀春的心思

在五水共治的唱腔中,沉沉浮浮

半阕清词
浅唱低吟
颠倒众生
惊艳时光

2021.4.8

我的窗户连接着人间所有河流

我的窗户连接着人间所有河流
"无穷的远方，无数的人们
都和我有关"

最靠近我的，是小区围墙外
一条生活的河流
街道上翻滚着的昼夜
沉浮着人间悲喜

我的窗户，是起点也是终点
我是一条鱼，每天从窗口溯流而上
与征帆一起出游
又与归帆一起靠岸

那些被风卷起的波峰
是我胸中堆积的块垒
那些被云压陷的浪谷
涌动着我对人世的悲悯

此刻，它在我眼中叫作官河
横贯萧山大地的母亲河
就像千里之外，横贯我一生的
信江

2021.4.8

孔子与玫瑰

从沙溪玫瑰园抵达曲阜孔庙
需要在孔氏家谱上逆行七十五代

先暗自绽放一朵,做只小灯笼
照自己从江南的月夜启程

按桦溪桧树的指引,一路向北
过衢州,再绽放一朵

不妨长出一些小刺
让荒野把自己认作一根荆条

吐纳沿途的风霜雨雪
防卫途经宋朝时可能遇上的金兵

允许在宋金元时代短暂迷路
晕眩出三枝分蘖的幻影

旋即从歧路脱身,以慢镜头独行
穿越一轮落日,沿着黄河的纹路

进入孔子掌中,在至圣先师手心
绽放最初最硕大的一朵

十亿朵玫瑰在天空盛开
十亿朵玫瑰,在大地流淌成河

2021.4.28

杏坛书院

一只蝉蜕,遗落在榉溪孔氏家庙
这只更大的蝉蜕旁边

夏风、秋风与朔风均已吹远
现在,小院里萦绕的是春风

《论语》以宋代青石板的形象
一页页摊展在金色阳光下

圣人语录被鹅卵石的文字书写
闪烁着清冷的幽光

千年儒学在这里蜕去古老的教义
长出一截截粉嫩的琅琅书声

青草从石板缝里冒出时代的新芽
窗台在披垂的绿叶中转动眸子

一枝蜡梅从一场消逝的雪中苏醒
跳跃的喜鹊弹下几瓣花雨

从曲阜到衢州再到榉溪
一条文化的内流河从来不曾断流

从杏坛书院转出,我浅绿的薄衫
也沾满了儒学的斑斑墨迹

2021.4.29

高姥山杜鹃谷

以青山做支架的一幅巨型油画
矗立在磐安的天地之间

一张白云的画布覆盖着山峦
串珠般的高山湖群做了它的调色盒

春风的刮刀铲起大块大块颜料
朝画布上恣意涂抹

最陡峭的红色色块,堆向高空
被太阳炙烤、融解

血红的油彩顺着山脊呼啸着奔流
裹挟着满山的绿树与薄雾

远观高姥山,恰似一头
从云雾中放出的斑斓巨虎

又如一场被天雷点燃的山火
在天际熊熊燃烧

这幅苍山巨卷,它采用的
显然不是一种工笔画法

传统的勾勒、渲染、提染与点染
画不出高姥山杜鹃磅礴的气韵与意境

2021.4.28

春天的辨认

是覆盆子、山莓还是蓬蘽?
在百源山房,围着一小筐红艳欲滴的野山果
我们雀鸟般争执、辨认
如同一场微型辩论会、认证会

眼前这捧攒在一起的小红球
多像一群在山中逐蝶的顽童
他们竹鞭般暗长的小脚丫,拱破春天的鞋帮
露出红扑扑的脚指头

即使问询于百度,对它们的区别
我们依然不甚了了
干脆将它们统一唤作野草莓吧
如同将天下所有流浪狗统一唤作游子

在辨认中,我们的来路渐渐明晰
而去处,正以百源山房的模样从远处浮现

2021.5.5

瀛山书院

一如想象中的模样。矗立在青山之巅
抵达它,需跋涉数百级石阶和六百余部经卷

它隐匿在绿树丛中,像理学隐匿在儒学深处
像理的曲径,通往人类社会的最高准则

先生的形象依旧栩栩如生。一只学术大雕
盘旋到哪里,哪里便响起黄钟大吕

在白鹿洞书院、岳麓书院、鹅湖书院
和故乡的东山书院,我都听到过这种声音

一场豪雨,幕布一样裹住了青山
山脚两只白鹭,像两道白色闪电撕开雨帘

它们一前一后,贴着山林飞向山顶
停落在书院门前,如同两个立雪程门的童子

太阳与月亮一起失踪,只有这两只雪白的鸟
将重生于山顶的书院,烛照得一片光明

我认得这两只白色精灵
它们一只来自江西婺源,一只来自福建尤溪

翘檐易朽，而杏坛永远不会腐烂
如同乡愁，如同先生与詹仪之所缔结的友谊

天下书院大多摩天接云，挺起巨人之肩
让站立在它上头的人，一览众山小

2021.5.31

半亩方塘

其实就是半部书。另半部隐没在宋朝
它的神秘,吸引纷至沓来的脚步

八百余年来,它的情节随四季变化
阴晴圆缺、雨雪风霜

大自然呈现怎样的物候
它就进行怎样的抒情

大半的时间,它应该都是为阳光所笼罩
天光云影与莲花在塘中嬉逐

方寸波澜,容纳日月星辰
春盈夏涨,秋荣冬枯

像一颗小小的心脏,包举宇内囊括四海
又如一块海绵,吸纳自然界给予的一切

而此刻它正以密集的雨点
诠释着源头活水的全部秘密

半亩方塘,多半并非写实
而是一个,关于书的比喻

半部社会之书、自然之书、人生之书
让不同的后来者,品出不同的况味

至于是否有原址,原址是在福建尤溪
还是在淳安姜家,真的并不重要

2021.5.28

秀水郁川

郁川溪是激荡的。连日的暴雨
汇成洪流,这来自时光深处的隆隆回响

它在初夏的大地上奔腾
像一条彩练在河床飘舞

郁川村是沉静的。它用自己浩瀚的沉静
过滤和沉淀着暴雨与激流的喧嚣

在这块 21 世纪的绿色琥珀里
凝固着百年萤火、马灯与呐喊

唐敦禄烈士纪念馆也是沉静的
它不朽的磨盘石上,收藏着历史的波纹

沉静的还有新四军支部和食堂遗址
像两只浮标,标示着一种红色水文

一把呜咽的独弦琴,被时代重新擦亮
一首激越的歌,从琴弦上复活

岁月深处。播火者,有的倒下长眠于此
有的扛着旗帜走向了远方

那些一去不回的人
借助洪大的水流,又回到了故乡

一面赤色的旗帜,挣脱暴雨的纠缠
像霞光一样,将秀水郁川紧裹……

2021.6.4

文渊狮城

作为水下遂安古城的反义词
文渊狮城,在地面上获得了更显豁的语义

我们在一场雨中走进这座复活之城
以水的词性,汇入它的修辞学中

一次对水的最高技艺的仿写
城墙与城楼是它醒目的标题

宽阔的青石板街道像纵贯的情节
林立的石牌坊,不断将故事推向高潮

鳞次栉比的店肆构成一种水灵灵的排比
檐下的红灯笼点亮夜的细节

马头墙下,生活的线索纷纭复杂
唯有循着巷子的草蛇灰线方可理出头绪

窗边民国招贴画上粉面含春的女子
她们脸上的笑容写满时代的悬念

染坊中的夜色被蜡染为印花的江南
骤雨被油纸伞收纳,倒挂在粉白的墙上

一只稀世的双面铜镜作为千岛湖的喻体
在水下水上的对比映衬中完成塑形

巨大的虚构在展开：一棵湖中长出的
参天神树，文渊狮城是它的葳蕤冠梢

2021.6.6

谒陈望道故居

分水塘。百年前,他引来一股莱茵河水
濯洗半殖民地中国黑沉沉的夜色
将中华现代史分解成资本主义黑暗
　和无产阶级曙光
他以农耕文明的柴房做书房
将《共产党宣言》,翻译成中国革命的
　《修辞学发凡》
用以提高镰刀与铁锤的表达效果

这位革命的修辞学大家
他运用拈连手法,将义乌红糖的甜味
与真理的甜味串联在一起
他综合叙事、抒情与议论三种表达方式
让分水塘的油灯、嘉兴南湖红船
延安宝塔山和天安门城楼
在一场朝霞般的瑰丽构思中
形成层层递进的关系

2021.6.19

在杭州中国丝绸城

一走进杭州中国丝绸城
整个人一下子就变得柔软起来
骨头柔软了,心也柔软了
恍如一条河鳗,游在一条丝绸的河中

怎能不柔软呢?那么多柔弱的春蚕
那么多柔情绵绵的蚕丝
那么多七彩的阳光
合力创作了这条女人街

一匹匹丝绸,一件件旗袍
一条条丝巾和披肩……
让女人们心头充满柔情蜜意
让生活变得丝绸般顺滑

交领、右衽、系带
襦、袄、衫、裙、袍、褂
立领、连袖、对襟、盘扣
衣冠上国、礼仪之邦的遗风令人沉醉

一座丝绸城就是一架魔幻的变形器
一条丝绸街就是一台神奇的转换机
进去时无论心肠多硬
出来时都会变成一个柔软的人

2021.9.13

靖江二幼

一切都是微型的。如同闯入春天的
半亩方塘
碧波荡漾的一池春水里
一群小蝌蚪,快乐地游来游去

那梯田形摆放的一张张小眠床
是夏日层叠开放的小荷叶
叶面上滚动着的小水珠
是小蝌蚪们甜蜜的梦呓

童话屋里,长满矮圆凳的小蘑菇
小白兔,排排坐
听兔妈妈讲述绿色森林里的
彩色故事

连绿植也被吸引了,纷纷跑来
挤满了教室外的走廊
它们踮起脚,趴在窗台上
入神地聆听着

运动场上,布满微型的篮球架
和微型的球门网
一只只彩色小篮球、小足球

在空中飘动
那是孩子们吹出的梦幻肥皂泡

2022.6.22

太平禅寺

额头上的佛、指尖上的佛
因为取消了山的高度,下到平畴上
与众生打成一片
获得了更多香火的供奉

降下身段的佛,螺发与肉髻
沾染着人间烟火气
庄严的法相中
藏有亲人的慈祥

佛把取消的石阶,平铺在众生脚下
延展他们的道路与福报
让他们行有春风相伴
寝有明月照耀

佛把高处的苍茫,化为前方的金光
端坐在莲花台
透过敞开的佛门,看着大地上
飘荡的云朵和翻滚的稻浪

进入禅寺,就像平日造访一个邻居
佛在香火背后谆谆劝诫我们
只要秉持一颗良善之心
众生皆能成佛

2022.6.23

羽：独木舟

它安静地泊在遗址上，像一支巨大的羽毛
从跨湖桥文化这只中华文明的凤凰身上
飘落的一支羽毛
它华彩的肉身
一定还在史前瑰丽的曙光中翱翔
在一道飘带般舞动的弧线下
一群手持骨耜与石锛的先人
从黑魆魆的地平线上站立
在我温热目光的注视下，它蠕动了起来
挣脱考古学的灰坑和洛阳铲的叩击
从八千年前的大陆架皱褶中滑出
向着大海浮去
像一根绣花针，拽着波浪的长线
将一片太阳的图案，缝在大海的胸襟上
又如一条风波中出没的鱼
带领月亮与星辰在浪涛间穿行
忽然，它又重新变回一支羽毛
被灼热的夏风缓缓托起
升上 21 世纪的天空
像一枚闪光的银饰，照亮了大地的黑暗

2022.8.23

欢潭岳园

绿色与金色的组合
绿色是绿树青山、碧水荷塘
金色是武穆精神、"忠义常昭"
一口七角形清潭，一只仰天的七角形莲座
供奉着蓝天白云和欢潭人民心中的佛
清澈的镜子，照见过九百八十年前
行军经此啜饮甘泉的岳武穆沧桑的面容
以及从石桥上逶迤飘过的岳家军旌旗
它又像一个异形太极图
调和着欢潭这块土地的古今与阴阳
没有贞节牌坊的桎梏
有的只是贤义书屋的琅琅书声
有的只是"状元""举人"的匾额
高悬在耕读传家的祖训里
一幅清光绪年间的《欢潭村境图》
这以古为鉴的蓝图
挂在欢潭未来规划师们的心中
预示欢潭将以一种现代乡村的形象
回归山水初心
回到古老的乡村物候和田园牧歌中

2022.8.23

所有美好的事物都是我所热爱的

譬如田庐。它竹篱上的晨曦与露珠
它头顶上的蓝天与白云
它树冠中的鸟鸣与蝉琴
它夕阳流照中的灯笼红与瓦浪灰

一道石阶奋力地向上攀升
将一串串浊重的脚步声驮进山风的轻盈
窄巷两旁的墙面斑驳着陡峭的光阴
霓虹将它的美从夜色中打捞上岸

坡顶的廊檐挑起八方风景
潘午潭中的波光独自玩着追逐的游戏
白鹭栖息在无人的小舟上
江南湿地永远一副酣梦未醒的模样

宾德堂的欢笑、咖啡厅的漫谈
奶婆厅的觥筹交错或者诗歌朗诵声
松树林中不期而遇的爱情
溪山雅舍与蒹葭雅舍比赛似的鼾声

所有美好的事物都是我所热爱的
譬如田庐。我前后来过三次还要再来
譬如开在草甸上的花
我爱过一次还要再爱

2022.7.24

黑光陶衣

八千年前的文明还很稀薄——缺氧
所以你裹上了一袭黑衣

作为一种盛装物品的器皿
你无疑属坤,与大地同一个性别,就像母亲

你诞生于一个更大的子宫——窑
太阳炽热的精血孕育了你

在一个萤光、星光与月光相伴的黑夜
你诞下更多子女——稻、黍、稷、麦、菽

流动的还原焰凝固在环形壁上,像凤凰涅槃
像你产后凝固的鲜血

你扯下黑夜一角,做成爱的襁褓
护卫幼年的华夏文明

你的皮肤那般黝黑,却黑出了一种光亮
如黑暗中涌动着的江河

你一定见过伏羲、神农、燧人氏和有巢氏
见过天底下第一场野火、森林中第一支鸣镝

你这个只有姓没有名的女子
像极了封建时代中国广大妇女的命运

你是我们共同的老祖母啊
你有一个来自泥土的名字：陶

2022.8.24

苎萝山

西子,一个叫西施的女子
在这里,请允许我故意将"子"曲解为
一个与老子孔子孟子朱子诸"子"相同的词义
一个可以秒杀天下无数男人的词
这个从苎萝山走出的柔弱女子
这个血管中流淌着
与粉红石同样质地与颜色的血液的女子
她从浣纱溪旁站起身来
紧跟着,浣纱溪和苎萝湖也一起站起身来
她行走着,这段直立的娟秀的越水行走着
向着吴地的馆娃宫娉婷而去
以手中所浣的一匹轻纱
缢死了一个傲慢的王朝
完美演绎了一个以柔克刚的人间传奇
然后,像一只秋蝉
留下西施里、苎萝亭、西施庙、西施亭
后江庙、美施桥、浴美施庙、浴美施闸
和妆亭
这些带露的蝉蜕
转身遁入历史的秋风中

2022.8.25

田庐送别

"就这么走了——挺拔、美丽、骄傲。"
推开田庐溪山雅舍后窗,对面小楼石门中
有离别的身影掀动晨光之帘
脑海忽然浮起高尔基小说
《二十六个和一个》中的一句话

鱼鳞般的黛瓦覆盖着江南
一排排巨浪斜着身子朝向远方奔涌
木质的窗棂泛起木质的感情和美学
一些浪涛试着冲向天空
却被时光凝固成翘檐

我没有看清离去者的背影
也没有呼唤他们的名字
多年以来,我只习惯于迎来而伤情于送往
如同静立在楼底天井中
那几竿单薄的紫竹

但我知道,他们离去时并不孤独
他们随身带着友谊与诗歌
他们的旅行箱
装满了田庐的风声和鸟声
以及潘午潭的一片湖光

2020.9.13

鉴湖

绍兴的才气太浩瀚,古今滔滔
一口鉴湖盛不下
于是它就要飞。那满湖振翮的白鹭
就是它飞翔的光影
从这群白鹭中,我认出了一堆
熟悉的名字,譬如徐渭
鲁迅、秋瑾……

2022.10.1

西栅

西栅的河道和我的血管走向相同
它们的波动也与我的脉动节奏一致
河道上行驶的手摇乌篷船
也时常拖拽着天上一轮明月,犁起我的心澜

一座座石拱桥,连接一座座小岛
像梦中一串叮当作响的环佩
站在桥上看风景的人
被站在桥上看风景的我看成风景

一种"几"字形的屋顶斜坡,有别于徽派建筑
如同披在屋脊上的一条围巾
护卫着青砖黛瓦与我暴露在尘世中的颈项
透着江南的温婉和飘逸

叙昌酱园一百六十余年扑鼻的酱香中
酱渍着我生命的苦辣酸甜
中华老字号三珍斋的酱鸡酱鸭
以一种古老的商业精神献祭我的味蕾

水榭般的木心美术馆被波光托起
停栖着我失踪的美学蝴蝶
一条白沙砾路劈开人世的荒草
通向憩园深处大师汉白玉的睡眠

官炉锅治中的天下第一锅
烹饪着我中年的况味
从漂染坊拎出高悬在晾晒架上的万丈红绫
如我历尽沧桑依然不变的豪情

茅盾陵园埋葬着我最初的文学理想
王会悟纪念馆让我再度心潮澎湃
而孔另境的故事
明显重叠着我青春的某些残片

乌镇大剧院正在上演与我人生类似的剧情
昭明书院依然萦绕着我童年的琅琅书声
入园口一株百年金桂树上绽放的几朵黄花
装点着我惜别西栅的归梦

2022.10.3

夜游天顶湖大坝

夜色太浓,看不清天顶在哪儿
只隐约听到一泓湖扇动翅膀的声响
行走在灰白色的大坝上
如同驾驭一支灰白色的羽毛飞翔
夜色有多辽阔,天顶湖就有多辽阔
消融于夜色中的我也有多辽阔
秋风在我心房鼓荡
激起的波澜,覆盖了湖水明灭的荧光
万籁俱寂,桥头天顶湖禅寺大门紧闭
估计神灵们也已经酣然入眠
天地人神,这样的安详多么值得赞美
神灵们估计已经酣然入眠
天顶湖禅寺大门紧闭
我心房鼓荡的秋风,熄灭了湖水的荧光
我有多辽阔,天顶湖就有多辽阔
夜色也有多辽阔
如同驾驭一支灰白色的羽毛飞翔
我行走在灰白色的天顶湖大坝上
谛听天顶湖扇动翅膀的声响
看不见天顶在哪儿,夜色太浓

2022.10.26

百丈漈

一

山水的大孤独：孤独地启程
孤独地在岩隙流淌，孤独地冲决顽石的桎梏
孤独地奔赴一场千年之约

那决绝的纵身一跃
像极人间一切孤独而决绝的人

它的孤独，源于自身的高度
从鹰翼下决荡而出的激流，像青春的热血

作为中国最高最长的单体瀑布
它把孤独，孤独地悬挂于崇山峻岭之间

孤独成全了它。因为孤独
它摆脱了羁绊，所以它能流得很长很长
避免了死于途中深潭的命运

它的孤独，不被人看见
人们只看见它的喧嚣，无人看见它的孤独
它以孤独筑起了一道与世隔绝的屏障

但白云看见了,明月看见了,老鹰峰看见了
在山腰飞翔的白鹭看见了
那些被吕洞宾驱赶过来的乱石也看见了

它以决绝的孤独
照亮了自己漫长的孤独之旅

二

诗人、法师、道士
同上百丈漈

诗人说:一匹水从江河中长出翅膀
飞上老鹰峰
再敛起双翼,向着深渊滑翔

法师说:三漈乃人生三境界
三漈勘破
二漈放下,一漈得大自在

道士说:三漈乃宇宙三元
三漈天,二漈人,一漈地
天地人,三道合一

百丈漈置若罔闻
它顾自喧嚣地奔流着……

三

在百丈漈顶画一轮明月
漈前乱石上画一个李白，或者苏东坡

画他们身边放着一壶酒
画他们高擎着酒杯，任漈流注入杯中

画一条银河从九天跌落
画满天星子飘坠人间

画四周墨似的山影群兽般围来
要把它从睡梦中抬走

画它彻夜在深潭中捣浣白练
扬起的弧光在空中曼舞

画密林中夜憩的白鹭
它们的呓语随水声在枝头悠悠摇晃

画潭中的石斑鱼，睡在波纹的眠床上
它们的梦与水波一样清凉

最后，画一个青山一样酣眠的巨人
从他腰间，垂落一根百丈漈的白腰带

2022.11.4

在刘伯温故里

素履以往

在刘伯温故里,看白云在蓝天
慵懒地飘

看百丈漈,在青山间
晒出一匹匹没有漂染过的白练

看白鹭
在自己的白中,洁白地飞

与一个叫慕白的诗人
在白月光中,举起白酒杯

听刘公伯温,白话上下五千年

2022.10.30

刘伯温

五百年智慧用来达古，五百年智慧用来察今
五百年智慧用来预知未来

他用尽自己的智慧后，回归一个婴儿
在故乡的摇篮里，酣眠了近六百五十年

2022.11.11

池上楼

波为楼基,柳为楼柱,草叶为瓦
禽鸣声为窗
好一座中国山水诗的蜃楼

山不断隆起,将俗世挤压到天边
功名利禄,沿不断陡立的斜坡
滚落深渊

春风卷起池水,濯洗人间
一棵春草
与陶渊明的东篱之菊遥相呼应

一双谢公屐,踏着浮云不断上升
伸出左手,就够得着太阳
伸出右手,就触摸到月亮

蜃影被投射到山外
形成鹳雀楼、黄鹤楼、岳阳楼
滕王阁、爱晚亭和醉翁亭的景观

它用荆木与巉岩将自己围起来
再铺上一匹春水
围成一座江南园林

春日赏花,夏日听瀑,秋日观枫
冬日卧雪。在泛黄的史册中
洇染出一团新鲜的墨绿

2022.11.15

江心屿

不紧不慢,保持一千五百八十九年的距离
我追寻谢公灵运的足迹,来到"瓯江蓬莱"
观看一场"宋韵瓯风"的盛大演出

现在绘着红色脸谱的江心屿出场了
这个长着文天祥脸孔的男角
先用浩然楼的嗓音,演唱了一曲《正气歌》

一顶江心寺的金色冠冕,戴在他头上
东西双塔
是它在秋风中翘起的帽翅

他身上的蟒袍,已经褪去鲜亮的颜色
露着南宋的破洞
破洞深处,闪烁着高宗仓皇南渡的幽暗光影

唱腔渐转激越,在温州革命烈士纪念馆回荡
从唱词中挺起两柄纪念碑的长剑,刺向苍穹
一颗红星,将它们胶合在一起

他在诗歌之岛移动身形
迈着谢灵运、孟浩然、韩愈和陆游的韵脚
走着山水田园诗和爱国主义诗歌的台步

一脸浪花的大胡子从他的两鬓和颔部垂下
如白云，朝朝朝朝朝朝朝朝散
如江潮，长长长长长长长长消

            2022.11.16

净光塔

秋风将松台山吹成一朵绽开的莲花
一瓣为梦,一瓣为树,一瓣为石
最外的一瓣,是尘世

高矗山顶的净光塔,是从花蕊中央
挺出的一根长长的花柱
松台如莲台,打坐着江风与白云

世事一场大梦。宿觉,身心一片澄明
人间景致尽入眼底
肉体轻盈,飞上铜构塔尖

永嘉大师手持禅杖伫立山前
身前参禅的石级重重叠叠
身后金色的佛家教义耸入云天

"一宿觉""证道歌"两块巨石
如两只彩蝶停栖在大师脚边
以斑斓反证禅的简净

七级浮屠上,集中了各种果位的诸佛
虔诚的信徒们用心擦拭着楼梯
不教它惹一丝尘埃

海拔三十九米的松台山
以慈悲的姿态沉入人世
我们在最低的山上，得最大的自在

          2022.11.18

华盖山

只要具有一览众山小的气魄,便足以成大观
一如华盖山
海拔五十六点八米,却拥有"江山一览"的视野

华盖、松台、海坛、积谷、郭公、黄土
巽吉、仁王、灵官,鹿城九山
八山都匍匐在华盖山脚下

再低,也要筑起一座自己的城墙
即使被岁月风化为齑粉
也要等待地质锤的叩击

面积九点一三公顷。再小也能纳须弥于芥子
也怀席卷天下、包举宇内
囊括四海、并吞八荒之心

把地位从高山的词典中一降再降
降至山麓,直通日常市井
直通烟火生活

山形如华盖,与崇山峻岭一样美丽
运交华盖,与崇山峻岭一样承受
风霜雨雪的攒击

因为低,它无限高
因为小,它无穷大
华盖亭、夕照亭、临望亭,长亭连短亭

2022.11.19

上坞山

贵门上坞山村头一棵宝塔形的水杉
大自然的剪纸,抑或人工的杰作
精美如一件出自老银匠之手的银箔

它一干二枝,形同铁扇公主的芭蕉扇
闲置在北风中
守护一个古老村落传说深处的炙热

一只喜鹊从远处飞来
一群喜鹊从远处飞来
像一群游鱼,划破阳光的湖面

因为它们的加入
我看见天空若隐若现的青筋
微微跳动了几下

它们齐集于高高的枝头
因为有了它们
上坞山获得了民俗的欢乐与重量

2024.1.15

西景山

对于世界
西景山就是另一个世界

绿色峰峦汪洋一片,在贵门汹涌
一轮落日,在无垠的绿涛间漂浮

东边是山,西边是山;南边是山
北边是山;身旁是山,远方是山

云雾的浪花,山径的潮线
目光被无边无际的峰峦胶着,无法突围

一道道山棱,支起一张巨大的滤网
过滤着尘世的喧嚣

我是西景山唯一的杂质
沧海一粟

我得意于君王般独拥这无尽孤寂的江山
我游鱼般消融于这浩瀚的波峰浪谷中

2024.1.18

鹿门书院

傍晚的鹿门书院仿佛一只老猫
顾自在夕照中打盹

杂沓而至的脚步声
叩不开它沉重的眼睑

一场晨雾如一条湿漉漉的毛巾
将它从一场千年酣梦中擦醒

门一开,诵读声就涌出来了
抑扬顿挫,铺成门前的一道道石级

满山的小鹿,那是从四书五经中
跑出来喝露水的

它们在阳光中轻盈地跳跃
弹起一篇篇道德文章

木料与石头的常见构筑
生生不息与坚定稳固的和谐组合

这没有镏金描红的殿宇
在读书人心目中,从来不会倒塌
从西景山归来

我记住了两个鹿门——

一个傍晚的鹿门：寓意逝去的时代
一个白天的鹿门：代表开放的未来

2024.2.18

磨石书店
——致蒋立波兄

起势高，落下的双手才更有力道
所以你选择在西景山顶磨石
四周起伏的峰峦是献给你的起伏的掌声
而飘浮的云气
适合为你的手掌降温
以免忧愤烧坏你的胸膛
你磨石的姿势，酷似磨刀
我知道，你是将自己作为一件刀具来磨
为了磨出那个湮没的自己
你顺着逻辑的纹理，探入真相深处
磨去虚妄，磨去浮词
磨去钙化的悖谬与荒诞
磨出一个不露声色的真理炼金士
你表层的辞采绚烂了一片春光
而深层的奥义却并不为秋风所知
而我恰恰是洞悉秘密的一个
你一直在磨，执着地磨
现在，玉显露出来了
语言之玉、修辞之玉、良知之玉
以及那些敏感之玉

2024.2.18

章太炎故居

爱国为基，学问为础，硬骨为柱
狂傲为栋，猖披为梁
无畏为椽，率性为枋，怪诞为檐
癫为瓦，疯为墙
筑起中国近现代学术史和革命史上
一座独异而难以摧垮的屋宇

清末与民国的铅云，在屋顶翻滚
挟带着浙江潮，以及京师与东瀛的惊雷
有时被雨幕深锁，有时被迷雾笼罩
它自岿然不动
余杭塘河从它门前悠然流过
带来一千四百余年前隋朝的桨声灯影

一棵参天的国学大树，从仓前长出
粗大的树干，分蘖出发达的枝丫
遮蔽了北京大学和中国现代史半边天空
鲁迅、周作人、黄侃、钱玄同
汪东、许寿裳、朱希祖……
"章黄学派"的累累硕果，覆盖冠梢

一位"现代祢衡"：骂慈禧、光绪、张謇
也骂康有为、梁启超
骂袁世凯、蒋介石

也骂孙中山、黄兴、宋教仁
一看谁不顺眼
他就在地上撒一会儿羊痫风

自号圣人，自称私生子
自署年龄万寿无疆
数月不沐浴，以肮脏之身对抗肮脏世道
将权力踩在脚下：砸总统府接待处
把袁大总统所颁勋章
缀在折扇上做一只摇摇晃晃的坠子

宣言"娶妻作药"：一则征婚启事
骇破世人多少眼球
为女分别取名章㸅、章叕、章㺲、章㫃
好像发誓不让四个女儿嫁人
不仅操心人间破事
还常在夜晚走穴，兼职冥界判官

一腔热血，飙成一柄长剑
横搁在塘河的堤岸上
剑柄在余杭仓前，剑刃在西湖古荡
相距十二公里
剑气在民国，剑影在当代
相隔八十八年

2024.3.10

游新昌大佛寺

高处的佛,高过众生的掌尖和额头
它们居住在云端,寻常看不见
低处的佛,居住在低处
被低所遮蔽,同样难以看见
譬如新昌大佛寺大雄宝殿里的江南第一大佛

它坐落在路旁山脚下的殿宇中
游客蹲下身,也只能看见五重殿宇
最底一重大雄宝殿的木格门扉
即便目光锐利的人,也无法穿透
殿外的香火,看见佛的庄严法相

抵达佛,需要经行生老病死
经行贪、嗔、痴、慢、疑、执念和俗世繁华
如同从喧嚣的红尘趋近佛
必须经行一条曲折的金色甬道
经行傅实的大"福"字和石壁上米芾的"面壁"

佛示现各种化身,或行或攀或立或坐
或卧或蹲或跪或趴,灭度众生
一如双林石窟卧佛殿里的佛祖
静卧在须弥宝莲花座上,以涅槃的姿势
向众生开示不喜不悲、心安理得的真谛

2024.3.23

伊园
——致李渔

主角从来不在场
一群自己的异类,在热闹的大剧场
上演自己的戏剧

而你,站在一群自己的异类之外
冷眼旁观
一出关于自己的戏剧

园中的杨柳,都褪下了绿色树皮
做了剧场中飘飞的水袖
这,当然只有你才能看见

后到的我,后到的我们
看到的都是杨柳青青
而小园荒芜,春风像个丫鬟在掩泣

你不在剧场,甚至
不在荒芜小园
你在夕照尽头辗转

明朝的酒葫芦在清朝的河水中漂着
你伸出左手抓不住
伸出右手也抓不住

人生如戏。你将自己从剧本中摘出
那些演戏的人都在戏中
独你,在戏外

2024.5.28

诸暨五泄，或曰山水的礼物

一切命中注定相遇的，迟早都会相逢
譬如我与诸暨五泄
知之于青年，见之于中年
中间隔着二十七年的时光

你问我对于五泄的观感
告诉你吧，它是春风从蓝天上扯下的
一匹流云，绾上五个结
披挂在五泄山间

当然若把它比作跌落人间的银河更佳
尽管这比喻有点烂俗
只有这样你才能看见它飘忽的闪电
只有这样你才能听到它隆隆的雷声

巉岩高耸，摩岩石刻漫漶历史的血痕
乌桕树换上了春天的苔衣
山口石径，几个身着褐色袈裟的僧人
正一齐拾级而上

他们的背影被蒙蒙细雨
多么和谐地融入，浑然天成
而我们这些山外来的游客
与这帧图画显得格格不入

从五泄归来，我获赠一件人生的禅衣
这山水的礼物
我已穿在心上，披在身上
但你看不见，永远看不见

2023.4.30

葛云飞

怒涛在东海列阵。你屹立在1840年的定海城
像一块礁石,战袍外套着白云的孝服

"誓与定海共存亡!"
抱定必死之心的人,意志比石头更凛烈

英国侵略者给定海缚上了层层铁链
民众自发突破火线前来犒军,特地送来参汤

你热泪盈眶:"公等随我守城,忍饥杀贼,
我何忍一人独饮乎?"

投醪一幕再次上演。你将参汤倒入身边小河
与全体将士一起掬水痛饮

寇如蚁群黑压压碾来,你挥舞月光跃出城池
率领寒光闪闪的星辰,杀入十倍于己的黑暗

炮火如雨点般落在身旁。一颗炮弹炸响
你页岩般的胸膛,绽放出一丛霞色牡丹

围拢上来的英军用长枪疯狂朝你身上乱戳
你身中四十余枪,被中国近代史的血污包裹

"立于山崖不仆,手擎宝刀作杀敌状,
左目霍霍如生。"

你石雕的衣褶上有一百八十年前的罡风刮过
有一百八十年来的惊雷滚过

2023.5.23

汤寿潜

比民国矮，比清朝高：微胖的中等身材
却高过清末民初所有的宣言与纷争

铜铸的身板，在时代的滚滚浊流中
正好可做一块磐石，或一根砥柱

手攥一部《危言》，震惊朝野
一部山羊胡，飘挂着维新、立宪与革命的风云

穿短褐，着布鞋，江南江北奔走
为晚清衰弱的脉管输入现代工业血液

随时准备取下背上斜插的一把雨伞
抵挡突如其来的暴风骤雨

为国争路权：总理全浙铁路事宜四载
不受一分薪金，不支一厘公费

将民国政府给予的二十万两犒银
直接熔铸为一座浙江省公立图书馆

为民办实业、修水利，废科举、兴新学
清廷进士，华丽变身为民国志士

被推举为浙江军政府都督
派遣军队支援邻省反清斗争，严词声讨袁逆

"竞利固属小人，贪名亦非佳士"
人生一退再退，先是多次辞官，直至退归故乡

2023.5.23

西施

少女施夷光从浣纱溪畔直起身来
整个江南的春天裙裾般被她提了起来

水中的鱼儿一齐沉入溪底
一座越剧的舞榭歌台从水光中浮起

她在咿咿呀呀的越剧唱腔中
被范蠡带上一艘画舫由水路抵达姑苏城

在春光融融的馆娃宫,她以自己的美貌
融化了吴王夫差和他的江山

之后,她又被范蠡带着逃离吴宫
消失在烟波浩渺的太湖和传说深处

曲终人散,唯余一座空荡荡的舞台
在波光水影中,经受雨打风吹

一个被美改写命运的美人
一个被千秋功过强加于身的弱女子

如果可以,她宁愿做苎萝村的施夷光
也不要做吴王的西施和史册中的西子

她也不想做什么西施娘娘和荷花神女
在西施殿、西施庙,享用百姓的祭祀

她只愿永远停留在少女时代
最多是与范蠡一见钟情耳鬓厮磨的时光

2023.5.24

茅湾里窑址

巨大的隐喻？当我们穿过阳光与鸟声
循着汉白玉碑铭的指引，沿一条泥路
分开蔬菜与春草，走向盛誉中的文化遗存
远处一道围挡，拦住了去路

窑址被封闭。一座恢宏的中国印纹陶博物馆
即将在眼前的山林中诞生
孕育印纹硬陶和原始青瓷的窑火
被锁进微茫山色中

零星的陶瓷碎片嵌在泥路里
如一条风干的龙散落的碎骨
当然你也可以把它们想象为飘零的龙鳞
一条遨游于春秋战国时代的陶瓷龙

中国瓷的鼻祖？那些养育生命最原始的食饮
那些罐、坛、罍，它们几何形的纹饰
那些碗、杯、盘、盅、鼎、盂
它们灰白色的瓷胎，被青灰釉彩覆盖

泥与火的交媾，被深深掩埋在堆积层中
窑变是一个史初的故事
黏土中的铁，在江南千年烟雨中
是唯一没有被销蚀的脾性

消亡与重生？亚热带季风性湿润气候
滋养了环太湖流域的花木与瓜果
也润泽了浦阳江畔古越先民在泥坯上
拍印出的米字纹、网格纹、方格纹和云雷纹

俯身从泥路中抠起一块陶片
擦去附着其上的月色与光阴
犹有千度高温，自指尖传来
沿着臂膀，直贯心房

2023.5.26

东山

邀来一场东晋的豪雨，濯洗会稽的天空
将镀金的云层，濯洗成一堆雪
这样，谢太傅的东山才像一座雪山
才配得上他的高洁

一座由名士风流堆积而成的东方山峦
从绚烂的历史朝霞中现身
如浮槎泛海，如日月之升
在一片蔚蓝色背景中显露雪山的嵯峨

其实他并不需要这样一座山
对他来说，庙堂与林泉只在一念之间
他慨然出仕就是千古名相
他优雅转身就是一个桃源

谈笑自若："为君谈笑净胡沙。"
举重若轻："淡写轻描解倒悬。"
如同他在淝水之战的棋枰上，轻轻地
敲下夹在食指与中指间的一粒棋子

每一个人都应在自己的生命中
矗立起这样一座东山——
向上，有攀登的石径
向下，有退隐的岩穴

2023.7.16

瓷源小镇

瓷之源在上虞,在上虞远古的一片荷池
烟雨中摇曳的荷色青青
被泥土与火焰抄袭
冷凝成越窑瓷的秘色

源头流出的山泉,载着虞舜的传说
注入青瓷的脉管,莹润它的气色
作为一种招魂术,初绽的荷花
间或也会从釉色中现身

瓷窑模仿一条俯冲而下的中国龙形象
窑尾高高翘起
深宽的窑床,是它有容乃大的肚腹
而它张开的龙嘴喷射火焰,形成火膛

水伴土,木燃火,火焙土,土生金
山泉与柴木的合唱,瓷土与火焰的舞蹈
一只青狐跑过五千年的凤凰山
明月一个趔趄,跌进曙光

一块青瓷,如一枚徽章佩戴在上虞胸口
成为上虞的标志
从瓷源小镇归来,我也变成了一件陶瓷
一件氤氲着江南烟雨的越青瓷

2023.7.17

越青堂

一只碗的故事,在母爱中发酵
长成一座越青堂
这个以善行兑换来的堂号
刷新了商业文化的话语系统

展示柜中琳琅满目的瓷器
和它的主人一样,都来自泥土
都经历过烈火的焚烧
凤凰涅槃

越青瓷的前世今生
都在堂主心中装着
他早已成为一件行走的青瓷
青瓷也早已幻化成人形的他

他携带青瓷,在青瓷中行走
将近半个世纪,却一直没有走出
当年母亲用二十元从他手中
买下的那只粗坯碗

在越青堂,他送给我两只
烧有我诗句的青瓷杯
其中一只写着:"江南和美,
将成为我的葬身之所!"

2023.7.16

利济医学堂

和所有美德与美好的旧事物一样
它也早已成为"旧址""博物馆""文物保护单位"

一堵院墙以水墨长卷的艺术表现手法
与油画般的时代保持迥别的意境

院落中布局井然的诊室、药房和药圃
缀连起医者的仁心、公心与耐心

玻璃柜展示的《黄帝内经》《伤寒论》等黄卷
残留着中华医学古老的容颜与体温

楼上的标本陈列室,静默一种古典医学的高度
楼下满院子的中草药,葳蕤着春天的模样

"东瓯三杰"陈虬先生的半身铜像
对襟马褂里包裹着医之大者最纯正的风范

他缔造的中国第一所新式中医学校
绽放出一朵中学为体、西制为用的"并蒂莲"

医国之上医、圣手,他一手高擎维新变法旗帜
一手悬壶人间,利民济世

晚清的风吹拂。他一定没料到今日中医的式微
更不会想到百年后治病救人逐渐被个别人赋予了
　商业属性

他坚守着自己的清凉。而此时赤日当空
一场医疗反腐的副热带高压正在院墙外形成

2023.8.15

孙诒让故居后院的白紫薇

在这个杂色斑驳的时代
竟然还有这样纯洁的事物
像一场小小的雪,停泊在白云之下、目光之上

藏得如此之深。抵达它,需要跋涉百年时光
穿越一条衰草离离的石径
以及王朝般空寂的庭院

它藏在自己的白里,像一团旧时光
藏在秋日喑哑的蝉鸣声里

它孤独如斯。以几朵小小的白对抗浩瀚的虚无
像一位高洁之士,独处于混浊的人世

一带青山青入眼。它以青山为靠山
支起那杆从泥土中生长出来的铁骨

它以一块榆木匾额的手势,向世界
打出"诒善堂"的花语

它淡淡的花香在空气中飘逸
像中华两千余年的经学墨香
从"籀庼学派"中逸出

它在春夏秋冬的枝头，谛听风云雷电的私语
一如先生在斋房青灯黄卷，破译甲骨文

它化身为一种药材，花、叶、皮、根皆可入药
清热解毒止血消肿，医国医民

它姓白，名紫薇
东瓯大地上一个极其普通的女子
却有着伟丈夫的精神与气质

2023.8.15

叶适纪念馆

在水心居住的人,具有一颗水一样澄澈的心灵
因故世人尊称他为"水心先生"

一生与水结下深缘,命运沿一条水的轨迹运行
经历水的奔流与迂回、欢腾与呜咽

祖籍龙泉,生于瑞安,徙居永嘉
颠沛流离的童年青少年,跌撞成一条山间小溪

十八岁冲出山涧,在婺州
与一条名叫陈亮的清亮小溪,汇流成河

二十四岁流向帝阙护城河,在帝阙边兜兜转转
明招山向吕祖谦问学、淳熙四年漕试中举

三十九岁参加殿试荣登榜眼,之后宦游各地
事业腾跃成一道道壮丽的瀑布

"庆元党禁",他被囚禁于一口深潭
北伐中原的壮志,复被主和派拦截成堰塞湖

牡丹飘落于水面。他千年一叹
接受堰塞湖的现实,波平如镜

他敞开生命，任一场陈傅良的事功之学的豪雨
从天而降注入心胸，形成滔天巨浪

他建立的永嘉学派与理学派、心学派鼎足而三
堰塞湖决堤，他终于奔向了大海

2023.8.16

在余村

在余村,先后遇见四棵树
朴树、榧树、银杏树和核桃树

朴树我不认识,看见铭牌后
眼前立刻浮现出歌手朴树
泣歌《送别》的场景

与榧树、银杏树是老相识
叶如篦者为榧,叶如扇者为杏
一个梳发花旦,一个执扇小生

核桃树先前没见过,经友提醒
立刻从她青春的脸庞
看到她老去后满是皱褶的面容

今天在余村,先后遇见四个人
路人甲、路人乙、路人丙
和路人丁

2023.8.29

在德菲利庄园酒店三楼远眺

这个名字洋气的庄园
其实是中国丽水缙云的一个农庄
——浙江省职工疗休养基地
偷得浮生半日闲
此刻,我站在酒店三楼房间远眺窗外
一道弯月形沟壑如一个微型盆地
聚拢四周山上流淌下来的翠绿
我的故乡位于赣鄱平原向江南丘陵的
　　过渡地带
我自出生至今
从未有过站在高处俯瞰故乡的机缘
所以我的一生都被故乡浸没
目光所及,皆是故乡的绿波
远离故乡四十二载
无论身在何处,只要看见田野
我就似乎看见了故乡
看到那些在阡陌上穿行的农人
就好像看见了故乡的父老乡亲
如同那日从三清山旅游归来
驱车途经开化,看见满山野的庄稼
我的车轮,仿佛被 502 胶水
粘牢在那蜿蜒的山径上

2023.9.6

黄帝祠宇

年岁渐长，值得顶礼的人越来越少
而虔诚膜拜的神越来越多
中华民族的人文始祖，一棵轩辕柏
一棵嫘祖柏，枝条覆压
交织成五千年华夏文明的穹顶
当我沿黄色地毯铺就的台阶拾级而上
迈入"天下第一祠"轩辕殿
我第一个动作便是脱下帽子
对着始祖伟岸肃穆的身躯叩拜
这一刻，我失落了所有的想象与修辞
我伫立在始祖脚下，仰望始祖
如泰山脚下一棵矮松仰望主峰玉皇顶
我看见自己的黄色皮肤与黄金心灵
与始祖的铜像保持同一色调
缙云堂，始祖行宫龙升之地
一条苍龙自天而降驮着始祖飞天而去
留下缙云这座仙都
我也是始祖的子孙啊
体表的龙须草中，落满了巨龙的鳞片
从轩辕殿转出，我荡起披红的钟槌
对准簴下的铜钟，撞响九串悠扬钟声
为九州生灵祈福

2023.9.7

通济堰

现代水库的雏形。一千五百年前的水利遗存
继成都都江堰、宁波它山堰之后
我所瞻仰的第三个中国古代水利工程
一座简易的廊桥庇护着桥下千年的流水和苍生
与前方那株遭无数次雷击却不死的舍利树
形成前后呼应关系
弯月形大坝,早于国外一千年的智慧
以一张中华弓的形态
抵御黑色的山洪溃兵
三十六座铁炉冶炼出的沸腾铁水,灌入石坝缝隙
当铁与石在一场世纪的寒流中冷却
浇铸而成的是一座千年不垮的大坝和意志
上架石函,导泥沙直入瓯江排淤泄洪
下开叶穴,引干渠清流灌溉万顷良田
一架三洞桥,书写世界最早水上立交桥神话
上下游几道涵闸忠诚地坚守在头顶的星空下
于心中的道德律中,分离着清澈与污浊
将一张竹枝状水系网,抛撒在碧湖平原上
詹司马、南司马,二位始建者湮灭的英名
已化为眼前这道千年不朽的堰坝
与王禔、叶秉心、范成大、何澹一起
安眠在这一世界灌溉工程遗产中

2023.9.8

河阳古村

无非入口处一座三间四柱歇山顶雕龙石牌坊
无非一条石板卵石路牵引着足尖
无非旗杆石上竖起六根光耀门楣的木质旗杆
无非一口池塘倒映着天空与先人的面庞
无非青鱼鱼皮似的黛瓦斜披在人字屋顶
无非马头墙的翘檐将一个家族的企盼高高挑起
无非陡立的粉墙播放着黑白宽银幕历史影片
无非屋檐下的红灯笼摇晃着月光的酣梦
无非门框上猩红的楹联拓印着碑石中的春天
无非几进几开间的屋宇诉说着逝去的辉煌
无非幽深的天井沉睡着四方形天光和家族故事
无非几根牛腿撑起一个朽败的传说
无非一条小溪绕着宗谱流淌
无非小巷深处坐着几个沉默的老人
无非一座贞节牌坊囚禁着烈妇的人生悲喜
无非一个五谷神端坐石龛中乐享着乡村的祭祀
无非一道颓墙爬满藤蔓
无非一支碗莲在瓦缸里守望着蓝天白云
无非一张剪纸锁住唢呐中的民俗
无非一朵鸡冠花和几串米椒摇曳着风的铃铛
无非一院木槿花明艳了游客目光
无非一种乡愁模样

2023.9.9

白龙潭

亢龙有悔。一条西湖神龙
再次在龙坞的崇山峻岭间隐藏行迹
落叶衰草,如零落满地的龙鳞龙须
掩埋曾经的人气和蜿蜒的石径
三年时间和经营学的悖谬
像一顿乱刀,将它的山水文化
龙文化、佛文化和茶文化四只龙爪
砍得伤痕累累

潜龙勿用。暂时关闭景区大门
从仙都缙云,运来一山秋风和石斛
为它包扎爪上的伤口
疗治白龙飞瀑的血管
白龙潭、青龙潭、小龙湫的皮肤
观音洞的耳蜗、白龙禅寺的声带
千丈岩的胸腔
和云中栈道的肋骨

飞龙在天。景区再度开放之日
潭中那条中国最大的汉白玉神龙
将再度从深渊腾身而起
吊起杭州城唯一的瀑布飘带
让自己的名字
与西湖、湘湖、铜鉴湖、钱塘江

大运河、良渚古城遗址一起
飘扬在杭州的文旅天空

2023.10.4

群英村

半个世纪前钱塘江一片汹涌的浪涛
静寂成眼前这万顷绿色稻田
飞扬的浪花飘落,散作栖遍田畴的白色鹭群

绿色稻浪在风中荡漾,白色鹭群在风中振翅
我置身于两种浪涛之间
身前是群英村的今生,身后是她的前世

2022.8.16

铜鉴湖

西湖是苏东坡的,湘湖是俞梁波的
只有铜鉴湖,是袁长渭
和我的

铜鉴湖是袁长渭的,这个不消说
没有袁长渭
就不可能有复活的铜鉴湖
所以我经常在人前人后
戏谑地将他称作"铜鉴湖之父"

铜鉴湖也是我的
它在烟波浩渺了一千四百余年后
收留了我来自彭蠡之滨的跫音
它尚未复活时
我的身影在此徘徊了整整八年光阴

它如此熟悉:西子、灵山、昙山、朱熹题壁
白居易、范仲淹、苏东坡、杨万里
董邦达的墓茔、姚志英的鱼塘……
它又如此陌生:消失的东青岭酒楼
新生的万顷碧波、拱桥、画舫、芦苇丛……

二十八年前从忘年交廖远勋的描述中
我知悉其名

八年前从一个名叫"钱塘往事"的微信公众号里
我了解到它的前世今生
六年前我为它的即将复活雀跃而歌

吟咏铜鉴湖的第一首现代诗是我写的
这首诗歌后来收入了《西湖志》
二十年来我萦怀的故地之一
就有荡漾在湖埠大地上的
这一片碧波

铜：最适合怀旧和重返
鉴：一面明镜，照见我的过去、现在和未来
湖：恰如月色笼罩下我浩瀚的心胸

2025.1.7

南宋御街

大清都灭亡一百一十多年了
中国人心中,却仍然延展着一条御街

譬如杭州的南宋御街
在几近湮没数百年后,又被重新修复

一道道变形的御牌坊
矗立在通往皇权的中轴线上

十六华里路程用皇辇度量原本不长
三十九码的布鞋却尽显尺有所短

商业的喧嚣声掩埋了朔风的呼哨
春天在街边血红的春联中艰难分娩

清洌的水渠寒波凛凛
演绎横亘在庶民与帝王之间的鸿沟

破石砌的御街易
破心中的御街难

2025.2.5

廿八都

每个中年人心中,都有一个廿八都
在希望、悲观与幻灭的"鸡鸣闻三省"地界

一条仙霞古道,通往灵魂最幽深处的
古老道德律和头顶的星空

墙体斑驳的回音壁,回荡着从鹅卵石巷道下
浮起的呻吟和嘲弄声

残破的酒幌,是一面人生的破旗
昭示着失败与对命运的驯服

——即令东南日报社泛黄的木牌上
依然黏附着八十年前不屈抗争的硝烟

屹立在山顶的成功亭,早已剥落对郑成功的
纪念意义,只剩下世俗的成功

文昌宫里埋葬的科举梦呓
发出年头已久的朽败气息

而河水悠悠,这不竭的东流恨
被几架旋转的水车,纺出一束束献祭的白花

幸有门楣上方"紫气东来"的牌匾和道道翘檐
为裸奔的信念遮风蔽雨

只是廿八都邮局门外那只剥蚀的绿色邮筒
再也收不到一封山外来信

浙闽枫岭营总府兵器架上插着的刀枪剑戟
将中年的心事演绎成一座江南古塞

珠坡桥是一叶自渡的舟只,在风雨飘摇中
连接着此岸与彼岸

古驿外一架茅草棚顶上压着一树梅花
绘出心灵最深处的图景

          2025.3.1

神丽峡

当你陷入浦江神丽峡的山水阵
你将如何解围
一道"神丽峡"的景区大门横亘在前方
你甫一进入,它就在你身后落上了锁
你已被美所囚,能否越狱全看你的造化
水插上翅膀飞走了
留下满谷的乱石,孤独得像一个个涂国文
正前方一道石砌大坝
将更远的山影垫得高高的
冷杉都烫着褐色的时尚头发
下面的石拱桥
像极一个拜倒在石榴裙下的青年
这不是我打的诳语
我们穿行的"爱情长廊"就是见证
在乱石的省略号组成的踏步道旁
一道被揉碎的细流被我们想象成黄果树瀑布
秋山是不甘寂寞的
她拾起脚下一面面破碎的铜镜
对镜梳妆,轻拂自己凌乱的长发
同行的中央气象台主持人魏丹
面对一棵藤缠树百思不得其解
而金牌摄影师
浙江省摄影家协会前会长吴宗其的镜头
被另一棵虬龙一样的藤蔓牢牢缠住

新华社中国新闻奖评委宣明东的鞋跟
雀跃着升上一级级更高的台阶
银箔一样的天光悄然藏进峡谷一角
让人胆战心惊的护栏是悬崖最好的守护神
峡谷边连片的小木屋据说已成为网红打卡地
而我所看见的却是
木屋内空无一人。爱情都在外面的草坪上
相依相偎，或者相互投喂

2024.12.26

斛梨园

一座真正的梨园:石斛的小生与梨树的花旦
在人间,演绎一场动人的爱情

小生是青涩的,身着青衿的他
翻过一道道青山,把自己投置在赶考的路上

出身寒微,无依无靠,只有通过勤学苦读
分解苦难,制造希望,改变命运的结构

在生活的悬崖或树干上寄身
绽放自己的人生之花

小生傍着花旦读书,任书声的幼苗
在花旦衣袂的褶皱里自由生长、伸展

花旦与小生在时光中厮守
柔情的花旦甩出枝叶的水袖为小生遮风挡雨

花旦轻抖水袖,洒下秋日的暖阳
为小生镀上一条光明前程

小生与花旦肌肤相亲
在皇天后土之间,演绎伟大的阴阳交融

小生以体温温热寒性的花旦
花旦以淡雅的体香，濡染小生的气质

梨果硕，石斛开
枝条的苔藓，做了他与她最缠绵的眠床

2024.12.18

西街街区

凡名中冠"西"的都自带一种诗意
譬如西安、西宁、西域、西山、西湖和西街

作为龙泉文化的一滴精油,西街风情
对于为红尘所羁的我具有舒筋通络的功效

故居、大屋、水渠、宗祠、文社、庙庵……
一条文化的河流自唐代流淌至今

清晨的西街在三江口的薄雾中醒来
瓯江涛声激越,闽江涛声浑朴,乌溪江涛声如磬

早点铺蒸腾的香气逸出店门,蹿上大街
在杨碓埠高耸的石牌坊上萦绕

几只白鹭悠闲地立在蓑衣坝上,与码头上
一群跳红绸舞的大妈红白相映、动静相宜

白昼人头攒动、游人如织的画面可以省略
如同从春华到秋实的过程不必赘述

最让人驰魂夺魄的是西街的夜色
远处的披云桥在灯光秀中有着瑶池的绚烂

而子夜时的西街更容易使人迷离惝恍
譬如夜宵归来的我们，微醺中
将一幢相同模样小筑误认为苏幕遮江景民宿
幸亏铁将军关门，才终止了一场荒诞戏

2024.12.15

龙泉剑吟

剑影飘动,溅起落叶与鲜血
冷兵器时代的幻象,在眼前闪现

在剑村,面对展柜里陈列的一柄柄残剑
我看见每一块绿锈中,都封存着无数冤魂

当然,我更看见大漠孤烟、长河落日
和飘挂在马鬃上的英雄传奇

"剑气是伤人的。铸剑师以铸剑为业
如何避免被剑气所伤?"

落地窗外芭蕉无语,阳光从浩瀚的太空
投射在室内的剑架上

竖立、倒插、高悬、横陈、斜倚
退出使命的剑,姿势开始了自由主义

从陨铁中继承的钢硬与锋利被灯光包裹
更多地呈现出镇宅之宝的安宁与祥和

折叠、锻打、淬火、研磨
装具、精雕、镏金镏银、镶嵌宝石

行伍出身的龙泉剑
越来越呈现文人雅士的优游气质

在剑村,一群被人世解除兵刃的诗者
找回了失落已久的佩剑

         2024.12.14

瓯江浣女

三江口。她们从身前拎起三条江
瓯江、闽江和乌溪江

像拎起身世、生活和梦想
像拎起一个儿媳的义务、妻子的本分和母亲的
　责任

她们的捣练杵高高扬起,又重重落下
正如她们充满幻想却踏实的生活态度

她们在瓯江中漂洗。看她们粗糙的外表
我断定她们许是外来打工者,或者是打工者之妻
(一群同样年龄的女子,穿红着绿
此刻正在码头的平台上,跳着扇子舞)

她们将衣物中的污垢,连同生活的艰辛
一齐用棒槌捶出

瓯江是包容的,将她们从衣物捶出的化学制剂
以及对生态的无视,一起带走

一只白鹭悠然地在拦河坝上踱着方步
一群白鹭围着她们在飞

瓯江自上游哗哗流来
路过她们，又向着下游奔流而去

她们将被单从水中捞起
合力将日子拧成一个甜蜜的大麻花
2024.12.8

龙泉青瓷

每当望向浙西南,就会想到那边苍穹下
卧着一只名叫龙泉的青瓷瓶

它的釉色,有时是天青
有时是粉青,有时是梅子青

那里的天空,蓝得没有一丝云彩
仿佛整个苍穹,也是一只青瓷瓶

大瓷瓶套着小瓷瓶,小瓷瓶里又缀满
繁星般的小小瓷瓶:一片青瓷世界

那里活跃着的一群诗人,如同陨铁釉
使得龙泉具有金属的光泽与质感

而兰花般的龙泉女子,作为常见绘画题材
在釉色中出没

宝瓶只有一个瓶口,如进入桃花源的洞口
从中透出一片神秘的光亮

青瓷在颠簸中易碎,所以龙泉人不愿远行
在瓷辉与剑气中自给自足

千百年来守着一种青莹纯粹的月色生活
哪怕在异乡阳光灿烂，也要落叶归根

日子在春风中越过越滋润
如同釉料由薄釉向厚釉的转变

          2024.12.8

华严塔

在信仰高处,华严塔矗立着
白云的拂尘飘动,掸拂着它在岁月中的积尘

八角形仿宋塔,以宋韵的形象
迎接时代的八面来风

七级浮屠:一座塔形江南敦煌
它华赡的文物,曾令文化大师郑振铎折腰

一部《华严经》,娑婆世界中的一把梳子
梳理着迷乱的世道人心

三种不同的版本,如同佛、法、僧三宝
殊途同归,共同通往圆满

用砖块垒就的塔,是不稳固的
如同雷峰塔,禁不住愚昧与兵燹

被抽走砖块,倾坍就是它的题中之义
如同一个人,被抽走健康

钢筋混凝土的构架,修补了破碎的祈祷词
世界在倾坍中不断重建

四千七百余尊佛像,端坐于各层佛龛中
护佑芸芸众生的前世、今生和来世

地宫是个隐喻,藏宝仪式所掩埋的
是千年不灭的瓷韵剑魂

            2024.12.9

绍翁书院

为着朝觐一枝从宋朝出墙的红杏
我辗转来到绍翁书院

这个书院可真远真高啊
我踏着石级,攀登了整整八百三十年

从饶州走到信州,从信州走到抚州
从抚州走到洪州,从洪州走到杭州

又从杭州走到梧州,携一朵江湖上的白云
终于来到岩后村,它的门前

这枝出墙红杏,我认出是从书院
逸出的一串琅琅书声

当然你也可以把它读作书院主人的
畸零身世——

过嗣、更姓,京漂、求仕,终身布衣
隐居于西湖的秋风中

天纵才华、抗金热血、胸中块垒
孕育出一枝任何围墙都围困不住的红杏

摇曳在历史的天空
摇曳在诗歌的韵律中

任何一种引申解读
都是对它的亵渎

2024.12.8

黄岩蜜橘

推开路边一扇半掩的柴扉
黄岩蜜橘的脸就从农历中露出来了

柑橘始祖,蜜橘中的王
与黄巢同一个姓氏

浑圆,橙黄,如一颗颗好头颅
照亮唐末晦暗的江山

亚热带季风潮湿气候
发酵了他的野心

揭竿而起,在甜蜜中筑起一座白云城
要做一代甜蜜之君

一千八百年黄袍加身
黄金殿中,十四瓣玉一般的妃子如月

阳光是甜的,风是甜的
水是甜的,连鸟鸣声也散发着甜香

一座甜了千年的城
随便撬起一块砖,也是一板冻米糖

爱上黄岩的最好姿势
是摘下一只黄岩蜜橘,揣进口袋里带走

就像一个山间的农人
悄悄地从地上收起一整个秋天的甜

2024.12.2

鉴洋湖

是我想象中的模样:一片原生态自然风光
一派湿地野趣

一场没来得及撤退的洪水
制造了更加盛大的湖光山色

远看像是天空扔下的一匹锦缎
缎面上绣着硫华菊、孔雀草、桂树和红枫

栈道上的休闲桌椅,在脚下粼粼的波光中
看见自己寂寞的心思与面容

柿子树、枯荷、芭茅,一齐站在水中央
像极古希腊神话中顾影自怜的那喀索斯

湖中伸展的石堤,将夕阳护送往审美深处
却被秋风截住去路

往来觅食的游鱼
啄食着云朵、远山和岸树的倒影

白鹭是少不了的主角
几簇白色火焰,便引燃了辽旷的宁静

在停泊与起航之间
"鉴洋湖1号"画舫犹豫如一只悠游的野鸭

岸边的芦苇,梳理着芜乱的秩序
它一部经典的银髯,圣洁而飘逸

2024.11.24

台风谣

贝碧嘉台风逼近浙江,天空雨云翻卷
一群群鹭鸟,纸片一样在头顶乱飘
我驱车前往桐乡洲泉镇东田村
去拜谒故乡先贤——
南宋右丞相赵汝愚的出生地

八百二十八年后的邂逅:一个游子
和另一个游子,相逢于他的幼年
他的故乡在八百二十八年前
我的故乡在五小时车程之遥处
我们把共同的故乡,抛在了千里之外

那场名为"绍熙内禅"的政治台风
生成于绍熙四年的朝廷与内宫
形成了一个名叫韩侂胄的台风眼
摧毁了光宗皇帝的龙椅
也最终摧毁了赵丞相的相府和美德

赵丞相像一棵被连根拔起的大树
被飓风卷往二千三百里外的永州
在衡州的天空重重摔下
残枝败叶被长沙人民归置进衣冠冢
老干被儿子赵崇宪归葬故乡

赵宋宗室第一个状元、唯一的丞相
文经武纬——文定朝纲，武削羌夷
然而天生一副余干人的硬骨头
和一颗正直、坦荡的心
最终被"庆元党禁"的铁拳无情捣碎

他身体的碎片，被出生地的人民
用怀念熔成铜水
铸成我眼前这尊高高的塑像
这位余干之子、洲泉之子
依然如八百年前般身姿挺立

此刻有三场台风在我的世界刮起——
天空的台风、历史的台风
心中的台风
此刻我看见自己默然走进一尊铜像
与他合而为一

2024.9.15

第四辑 阳关三叠

阿富汗（组诗）

舷梯赋

一头怪鸟腋下长出的第三只翅膀
拖垂在战火中，插满比生命还轻的羽毛

呼啸的洪水，向着喀布尔机场席卷而来
怪鸟起飞，丢下这只折断的翅膀

一截墓碑，斜插在绝望的大地上

女人赋

头巾。面纱。罩袍。一种性别
被长年禁锢在幽深的黑暗中

目光溜出眸子，与阳光和风相遇
便是一种十恶不赦的罪

美与自由，只能沤烂在命运内

大佛赋

大炮。炸药。火箭筒。一齐轰鸣
面对人类的邪恶，再久远的信仰与石头

顷刻间,灰飞烟灭

光电声影,现代科学技术在废墟上
还原了一个虚幻的你

巴米扬大佛,现在他们又回来了

2021.8.17

信州

带湖一别,转瞬已然十年
陈亮从浙江永康一场纷飞的大雪中转出
向着另一场弥天大雪挺进
他胯下的瘦马,在两场大雪之间
桨叶般划动四蹄

五百里外的江西信州,辛弃疾已谪居经年
这柄被朝廷遗弃的宝剑
热血和呐喊,早已被时光锈蚀
长出暗红色的锈斑
如同他嶙峋的胸腔中,凋零的咳嗽

大雪的银幕,张挂在天地之间
陈亮如一条侧锋,在白色宣纸上趔趄
行前他曾驰书福建,邀朱熹一同前往信州
尚未收到回信,急不可耐的他
便先行踏上了赴约之路

年近半百的稼轩居士在风雪尽头等候着他
身染的小恙,如寒梅着花
好友相见,四目相对
各自从对方的华发中看见一座雪山
并且听见彼此心底河流的呜咽

稼轩居士带病陪陈亮同游铅山鹅湖书院
窗外雪花飘舞，窗内豪兴遄飞
他们一次次从胸膛中抽出利剑
刺向虚无，又一次次无奈地将剑扭成麻花
扔进酒坛中淬火

二人在信州盘桓十日，一路游赏
一路饮酒作诗，谈笑高歌
待到二人行至与朱熹约好的紫溪镇时
仍不见朱熹身影。想必朱子
因纷繁之事缠身，只有爽约

陈亮挥手告别，飘然而去
陈亮走后，稼轩居士心中万千不舍
次日又策马前去追赶
孰料行至泸溪附近的鹭鸶林
大雪封路，只好颓然而返

稼轩居士为没能挽留住好友追悔莫及
在路边方村一个小酒家借酒浇愁
酩酊难归，夜半宿于泉湖吴氏的四望楼
忽闻邻家传来悲凉笛声，心中怃然
连忙起身挑灯，为陈亮赋《贺新郎》

"把酒长亭说。看渊明，风流酷似，
卧龙诸葛"
"佳人重约还轻别"
"铸就而今相思错，料当初，

废尽人间铁……"

五日后陈亮书到，思念与稼轩居士如出一辙
辛弃疾复作《贺新郎》《破阵子》答之
陈亮亦多次以原韵唱和
二人的友谊，恰似一坛不动声色
却醇香千年的老酒

2022.1.8

梅园

青年陈亮伫立在宋朝的一株梅树下
他十八岁的才华,比梅花更明亮

他从梅花对寒潮的用兵往事中
发掘出恢复中原的二十篇兵法

他将这些韬略嫁接在永康的梅枝上
繁衍出二十座孤绝的梅园

他的梅园从偏安之隅向着北方顽强生长
在虚幻中,一寸一寸收复农历的失地

梅园美好的名声在浙东和赣东北传播
引来寒潮更加严酷的围剿

他两次幻想借助科举的轻骑杀出突围
两次都被乌云掀翻在一介草民中

他五度以梅瓣为书,向苍天申请中兴的阳光
可它锯状的叶边却一次次钩来阴霾

他被朔风削成一截树桩,连同胸中的锋镝
三度被投入冰雪的监狱

在广阔的民间
ZAI GUANGKUO DE MINJIAN

他五十一岁被钦点头名状元,老枝再着繁花
不料未及赴京却已凋零

他一生与官帽无缘,以梅花为自己加冕
永康学派是他头上高高耸起的帽身

而报国志与豪放词
是他扑闪在历史天空中的两支帽翅

2022.1.10

石鼓书院

一艘书声做的方舟，泊在蒸湘耒三水之间
泊在湖湘文化的月色中

南岳衡山，是耸峙在它前方的陡峻江岸
一面石鼓，成为它停泊的码头

与唐诗同时启程的征帆
在文学与经学的不同河道上竞逐

船头船尾，出没着峨冠博带的大儒
船舱中，朱熹等七贤们正讨论着理学奥义

浪花悄悄爬上甲板上的禹碑
用蝌蚪文写下"惟楚有材"的玄机

岸上千年的鸟声，都长成了银杏叶的模样
连地上的蚂蚁，也鼓胀着一腹的学问

松涛、江潮、渔歌与书声合奏
用音乐将石鼓山雕塑成一卷摊展的石头书

自唐代至抗战，也曾饱经战火的蹂躏
数度浴火重生，像一艘不沉的巨轮

月光下，一条落满书声的路
从一千两百年前的岸边，一直延伸到我脚下

我掉转身，向着远方的书院走去
衣袂飘飘，留下一个模糊的背影

2021.9.24

朱熹

仿佛有着很多个法身的菩萨
在南宋各地书院现身

石鼓书院的朱熹
是他众多法身中的一个

从福建到湖南,从白岩山到衡山
他追随着一双大雁的翅膀

一道道石阶粘在他跃升的鞋底下
犹如一部部书卷不断垒起

拾级石鼓山与拾级白岩山一样
都是向着哲学天空的一次趋近

他用佶屈聱牙的闽北方言
将理学通俗成湘南的一片书声

尘嚣纷扰,难以安放一张书桌
他毕生致力于修建书院

为天下读书人筑起一处处
静心向学的灵魂道场

此刻他正端坐在书院的书案前
一篇《石鼓书院记》即将完成

一轮明月透过轩窗照耀着他
也照进了千里之外我的梦境

2021.9.25

这人间唯有书声最吉祥

石鼓书院、应天书院、岳麓书院
白鹿洞书院、嵩阳书院、鹅湖书院

一座书院,就是一口华夏文明的铜钟
钟声激越,在古老的神州大地上回荡

钟声里,寒窗学子络绎不绝
走在赶赴秋闱或春闱的科举之路上

千百年后,钟声一部分化为密林
覆盖着龙一样游动的山脉

一部分流淌成江河,在自然科学
人文科学和思维科学的河床中奔腾不息

钟声在天空开出七片菩提叶:爱、信仰
希望、宽容、善良、健康与好运

钟声为天下读书人筑起一道天然屏障
命令纷扰让路、喧嚣绕行

钟声里的金属,助民族与国家挺起脊梁
为小麦、大豆与稻谷镀上黄金

钟声里的月光,将纯洁、宁静、安详
与桂子的芬芳一起洒向人间

一条条通往诗与远方的道路
从钟声里淡入,影带一样在时代中播放

2021.9.27

珠江

黄河是一条白羊肚头巾
长江是一条飘逸的围脖
而珠江就是一条用珍珠穿成的项链

岭南是一位绝色女子啊
只有珠江这条项链才配得上她
超凡脱俗的气质光华

罗浮山、独秀峰、鹿回头、太平山
圣母山……一颗颗璀璨的珍珠
缀连起南中国一条旖旎的风景线

张九龄、洪秀全、康有为、梁启超
詹天佑、孙中山……一个个风流人物
将岭南的历史夜空辉照如昼

迷恋珍珠项链的岭南
历来都是经典的时尚风向标
她标新立异的风格一直被争相模仿

从张九龄开凿梅关古道到香江开埠
从深圳崛起到港澳回归
再到港珠澳大桥的建成

珍珠在苦涩的海水中孕育
在美学与养生学中大放光彩
并且演绎成为一场从天而降的财富雨

一条二千二百多公里的珠江
它情愫丰沛的江水
灌满了岭南大大小小的情人湖

2022.4.9

三清山

高空栈道。左边是高耸的危崖
右边是万丈深渊
一排排三清松,斜伸出一双双苍劲的手
托起坍塌的银河
漫天皆白。三十年后我再访三清
遭遇一场豪雨
穿行在弥天雨雾中,向着三清宫挺进
如仙人在雾中出没
世界被雨雾包裹
远处的东方女神与巨蟒出山影影绰绰
我喜欢这种韵致
它一直是与我灵魂共生的一片风景
大无孕育大有
我偏爱虚幻的美胜过真实
雨雾飘浮,将我的灵与肉析成一个雾团
飘浮在三清山高处
我在一千八百余米的高处
平眺远处变幻的雾海
我已习惯保持这样的审视高度
对脚下的万丈深渊与人间污秽直接无视

2023.8.23

苏州

我身上披的百衲衣,有一块布是苏州
其他分别是饶州、信州、抚州、豫章和杭州

虎丘是深情的,为了等待我的重访
二十六年了,它丝毫没有改变容颜

只是,当年我初访它时青春年少
而今,白发暗生双鬓

从一场艳阳演变成一场细雨
漫长如青年蜕变成中年,短暂只一瞬间

从当年的恣意奔跑
到今日紧扣大脚趾头,防止在美中滑跌

"来这地方就是要下雨,
不下雨还不对!"

画家朋友的一句话让我宽心若许
像心窍玲珑的太湖石,灌满慰藉的暖风

2023.12.30

冠云峰

江南园林湖石之最
它不知道自己的名声有多大
依然像一个邻家小妹
羞涩在南太湖的美学中

她和小姐妹们,都有着一个男性化的名字
瑞云峰、岫云峰……
她们女性的肌肤中
挺拔着江南文人的风骨

湖水中长出的山峰
比石头上长出的更秀丽
她的美名
被湖风从留园小小的院门窃走、散布

她依然低着头
替留园保守着四百余年的秘密
园外早已变成一个风尘世界
她一点也没有惊觉

2024.1.1

寒山寺

唐人张继的一首小诗,成就了一处千古胜景
如同王勃王之涣崔颢范仲淹欧阳修
分别以他们的不朽诗文
成就了滕王阁鹳雀楼黄鹤楼岳阳楼醉翁亭

二十六年前曾初访苏州
如今已忘却当年是否到访过寒山寺
尽管有友人劝说彼处唯余一座颓寺无甚可观
我们还是坚定地选择前往

到了方知大谬不然。金碧辉煌的重楼叠宇
与全国其他各处人文胜迹并无二致
我倒并不拘泥于新旧景观
旧的未必原生态,新的数百年之后也成古迹

正欲趋近"一寺标帜"的普明宝塔
忽然东道主来电催归晚宴
不好意思为了自己的游兴让主人久等
于是我们只好反转脚尖打道回府

我遗憾于没有捉住夜半钟声的尾巴
我庆幸于没有捉住夜半钟声的尾巴
人生的本质就是难以完美
不完美才令人魂牵梦绕

2024.1.2

庐山三叠泉

往返共六千六百多道石阶
往，三千三百多级
返，三千三百多级

走着走着
下行的石阶就长进了左腿
上行的石阶就长进了右腿

六千多道锋利的阶沿
来回削刮着
陡峭的腿骨

大腿，一叠泉
小腿，二叠泉
脚踝，三叠泉

几顶竹轿和一片酸胀的云
停在膝盖中
在拐弯处释放诱惑

身边，溅玉；身上，飞珠
两挂不同的瀑布
构成夏日壮阔的呼应

2024.7.12

初夏：维扬赋

宜掀起一角雨帘，腰缠三十贯
驱车入维扬

宜绕过一道阳光照壁
迷失于江南园林

宜瘦，用半截京杭大运河的皮带
箍住世俗腰身

宜在二十四桥下憩坐
静待一轮明月升起

宜想起嵇康，想起《广陵散》
撞击寒刃的激越

宜放任舌尖
在淮扬菜的香气中跳跃

宜于广城东路十五间客栈
兄弟不期而遇

宜步入红灯笼摇曳的东关古城
与游客摩肩接踵

宜转道镇江,效稼轩居士
登北固楼而浩歌

宜谒金山寺,向白蛇借一湖碧波
濯洗仆仆风尘

2024.6.9

姑苏谣

一个月前看望过的瘦西湖
一定变丰腴了吧
连日来暴雨如注
她二十四桥的衣带,一定被绷得紧紧的

一个月前盘桓过的姑苏城
一定更加瘦削了吧
她失血的面庞
一定比失血的六月还惨白

2024.6.29

徽州古城

一团墨，晕在宣纸上
焦的做了西干山和问政山，清的做了练江
淡的做了披云峰上的云
重的做了新安碑林
长的做了古城墙，短的做了太平桥
浓的做了太白楼
溅起的做了翘檐
落下的做了窄巷中的鹅卵石
而那些无意的留白
做了粉墙
一弯镰月收割着古塔的暗影
秋风像一支羊毫笔
涂抹着古城
它用侧锋，渲染徽商的天下财富和乡梓情
用中锋描绘徽州府衙的明镜高悬
也用逆锋勾勒跪拜的殿心石
渐江和尚在旋起的落叶中
转身遁入一幅《枯槎短荻图》
像一方行走的歙砚
也像一块被氧化的徽墨

2024.11.18

渔梁坝

石头向木头学习,它取来的真经
藏在榫卯结构里。燕尾榫就是它的经文啊
石头向铁学习,模仿铁的尖锐
深深楔入自己的身体内,是谓石钉
木头会腐烂,铁也会锈蚀
而千万年的石头不朽,渔梁坝的石头不朽
湍急的流水也是一种狂风啊
特别是洪峰,更是一种飓风
它知道很轻的云,会轻易被一阵微风吹散
所以它选择重:大象的重
一块坝石就是一头大象
一条大坝就是长鼻子互相紧挽的象群
大坝拦江,大象过江
它知道只有磐石,才能不被游龙动摇
它紧紧地咬住坝基
像徽州紧紧地咬住水墨和财富
它匍匐在蓝天的脚踝前
把身姿放得很低很低
正是因为低
它才最终成就了自己的"徽商之源"

2024.11.22

西街一号

徽州古城本就令人痴绝
老县委大院的身世更使它平添了几许神秘
高悬在大礼堂门口的一条红色欢迎横幅
飞扑过来搂住我们的目光和腰肢
西街一号的安若大院
终于从禾子兄的描述中落地，显现真身
穿过一条只可容身的窄巷
左手边两道柴扉拦住我们的跫音
一道镌有"首善文宗"的石照壁
将我们从都市带来的仆仆风尘向两边分流
在吧台向美领取到一把安放灵魂的钥匙
一块石子磨成的吊坠上刻着"月堤"二字
石、月、堤组成的古典意象
令红尘倦客的我未宿先醉
而一把钥匙开一扇门
更让此次入住充满哲学意味
十一个房间，十一个顶级设计师的作品
犹如我们十一个诗人，具有十一种个性
禾子兄说大院接待过不少贵客
我们都是享受高级待遇的人
四季桂、红豆杉、书带草、藤条桌椅
和鸟鸣声，一齐支撑起大院的生活时空
可宿可食可歌可憩可掼蛋
晚餐圆桌上的红烧安徽臭鳜鱼

以最本真的色香味勾住小宓和我们的味蕾
而早餐的挞粿、小馄饨和黄山小烧饼
在我们的饥腹中埋下一个个小太阳
步出大院去寻访徽州故事，即使迷路街巷
只要在导航上输入"西街一号"
脚尖也会准确地带我们回家

2024.11.22

谒渐江墓

从李白抵达你，不过从山脚到山顶的距离
从诗抵达画，不过我们在练江边的一段谈笑
在尘世名声大噪的人
一般都躲进自己的阒寂里
生如夏花之绚烂者，一般都躲进静美的死里
留头不留发、留发不留头的时代
你愤然反抗、慨然剃度
捍卫高贵的头颅
在粥汤菜叶的水深火热中，锻造诗书画三绝
数百株梅花围绕你的墓地而开
如同一场大雪，护卫天地间一份凛冽的高洁
开宗立派的人，都是江河源泉
在幽秘的高处，接受世人叩拜
又将不竭的玉液，流布人间
你飘动的袈裟
拂起一阵阵新安画派笔墨家山的逸气
在我们身边引发一股小旋风
那漫天飞舞的黄叶
是你馈赠我们的微型画作
还是对我们的挽留

2024.11.22

贵德古城

我是六百年前筑城的一名江南士卒
我来自遥远的大明

朔风的巨蟹举着大螯从西北方横行而来
它霸蛮的身影涨满整个河谷

为了大明的旗杆不被它的螯夹剪断
我们用城墙搓成一道绑缚的绳索

我躬下身,任天空乌云的砖块不断垒叠
滴落的汗滴,在大地上砸出一个个海子

我躬下的脊背越低
城墙便垒得越高

城墙高耸入云,它阻挡了朔风的肆虐
也隔绝了迢遥而来的春风

黄河像一头饱受委屈的小兽
在不远处呜咽,清泪涟涟

我看见我们征西将军邓愈大人支开马弁
独自登上城楼

他从怀里掏出一只黑埙,面向东南方
吹起了一曲幽怨的《望乡》

跟着,我就看见一只喝醉的月亮
在护城河里踉跄……

2024.11.1

第五辑 平沙落雁

盼春帖

桃花的拨片
在风的琵琶上翻飞

江河的琴弦间
飘荡着白云的音符

太阳与月亮的铙钹
回响在天穹

瓷与火,在荒原上
欢快地舞蹈

2021.2.5

鹁鸪

醒来时,忽听窗外传来一串鹁鸪声
像一列微型磁悬浮列车
掠过天空,驰向远方

如同枪膛中一串被强劲的后坐力
反向推动的子弹
击穿我卧室紧闭的窗户与窗帘

恍惚中,我俨然看到
一条名叫信江的水流
插着浪花的翅膀,飞越辽阔的天空

紧跟着,鹁鸪声从小区四面响起
仿佛整座杭州城
都被鹁鸪攻陷

2021.2.9

春天的游龙

连日阴雨，春天的面目模糊不清
樱花、桃花和梨花的花瓣零落一地
苍穹像一只漏洞百出的破铁锅
倒扣在头顶
撑伞的师生，沿学校人工湖两岸逶迤而行
他们手中的雨伞，五色绚烂
形成两条彩龙，随山势起伏
游向春天深处
这场景每每让我心生美好和温暖
想拿出手机，定格这一幕
却不忍心惊扰悠然的雨丝
今天我终于决定把它写出
要是你也看到这春天的游龙
一定会表示赞成

2021.3.18

桃殇

水果中的"秦淮八艳"之一
与梨、杏、梅、李、樱、葚、莓
有着相似的凉薄命运

被春风调戏,被流云轻薄
被飞鸟所觊觎
直至被一双黑手从枝头摘下

美是一种原罪。她春天的身子
被暴雨一次次贩卖、啃噬
她据守着自己小小的城池

以一截坚硬的骨头
从沦陷中,救出美、爱情与坚贞
从腐烂中,救出时光

2020.8.9

处暑

处暑,一支季节的行刑队
将一群名叫酷暑的狮子
押上刑场处决

留下十八只秋老虎
一天一只
一只一只收拾

2018.8.23

青山

青山静卧远处

太阳乔装成月亮
躲在云雾的白纱帐里

鸟儿举着翅膀
从青山前面掠过

我平静地看着青山
没有征服的欲望

我与青山
各安所安

2020.12.1

秋山图

秋风如何吹拂江河
便如何吹拂着山峦

山脉隆起一排排绿色巨浪
奔涌成一条地上河

一树树银杏如一只只旋涡
在夕照中浮光跃金

白云的帆在山峰飘荡
落叶的鱼在山谷翔舞

鸟鸣的声线缠绕在树枝上
被秋风镀成粼粼波纹

我俨如一头人形江豚
立在水底眺望着蓝天

2020.10.20

群象北迁

一群富有创新精神的亚洲象
在领头母象——这员"断鼻家族"老将率领下
离开西双版纳大本营,从勐养子出发
突破中国象棋象的田字格走法
遵照国际象棋象的行走规则
斜刺挺进,一路向北

北上,显然不是为了抗日
所以它们抛下护卫老将的士,蹚过楚河汉界
只带着自己炮一样的暴脾气
行进在林深树密的绿色棋枰上,与人类过招
它们奇异的弈法,令人类
精神高度紧张

它们顺着黑白分明的道路,长驱直入
柱子般的四足,踩踏着棋枰上的
普洱、红河、玉溪和昆明这些方格
沿途饕餮着玉米、香蕉、醪糟、菠萝蜜
　　和火龙果的小兵小卒
直逼人类的帅府

为了遏止它们凌厉的攻势,人类祭起
应急车辆的长龙建立安全屏障
并且驾驶无人机皇后,密切监视它们的行踪

为了让它们返回老巢
人类用卡车一路程伴随
引导它们改变方向

这群北迁的群象,是大自然的棋子
它们的棋法,如此别具一格
人类该用什么棋子,才能别住它们的象腿
当年那个古印度盲人摸到的
到底是怎样的一头象
它们是否就是从"豫"字中出走的那个象群

2021.6.10

菖蒲

端午是菖蒲的受难日。那些水中的菖蒲
遭人类割刈,被钉在门框上
为人类驱瘟除疫、延年益寿

只有那盆被我供养在景德镇高脚瓷盆中的
　石菖蒲,它来自朋友的馈赠
在露台上,享受着我和月光的呵护

还有那盆盘踞在吸水石之巅的虎须菖蒲
它安静地待在我的书案上
像一只藏匿于绿色丛林的乳虎

2021.6.14

蔚蓝与洁白：致圣托里尼岛

它的蔚蓝与洁白吸引了我
遥远的希腊，诗人萨福的故乡
近在眼前的风光照片
咫尺天涯，在安静中澎湃的海岛

爱，那么蔚蓝、深邃
火山组成的岛环，传递着一句誓言：
"我要凭那无拘无束的鬈发，
每阵爱琴海的风都追逐着它！"[1]

而琴键，那么洁白
那些林立的白色建筑，好像一排排
雪白的琴键。爱琴海包围着它
俨如一架蔚蓝的钢琴

而海天，是多么辽阔
海水如羊水般荡漾
远处有几只小艇，似调皮的胎儿
在母亲的子宫里游动

目光从圣托里尼岛收回
我成了虚无

---

[1] 语出拜伦诗《雅典的少女》。

它的蔚蓝与洁白
消融了我的灵魂和肉身

2021.7.16

第五辑　平沙落雁

立秋（其一）

白鹭开始抓举着河流飞翔
波浪在它的利爪下，扭动消瘦的肉身

河床被烈日掀起，陡立在天地间
露出深邃的洞穴和陷阱

江风溜进窗棂，它被飞沫濡湿的翼翅
像一道纱帘，垂挂在江南的节气中

知了煮沸的语言，仍在词典中翻腾
但白云已密谋对它釜底抽薪

一些木本植物，幻化成一只只盆景狗
在庭院和案头，被人类宠幸

更多的草木，将在秋风中晃动着身躯
为自己打造黄金冠冕

河流对岸，那丛被我注视经年的芦苇
静默在乱石旁，一夜白头

看芦苇的人，在泥泞的时光陡坡趔趄
快速坠入浩渺的忧思

2021.8.7

保俶路

法国梧桐,如盖
红绿灯,躺藏在浓荫中

绿盖前方,是隐隐的西湖水
后方,是滚滚红尘

2021.8.29

酷暑帖

一

抬眼处高悬的空调风
它来自深邃的海洋：无形的浪花
裹挟海沟沉睡的冰、瓷器和骸骨
而背后的电扇风
来自秋日的山林：我听出它飒飒的风声中
有无边落木，萧萧而下
我停泊在杂志社三楼的办公桌
在风浪翻滚的海洋中
是一座宁静的礁屿
我置身于时代的飞沫里
左手窗外是蓝天：纤尘不染的蓝色印花布上
蜡染着比白云更古老的箴言
右手窗外是炉膛：天地间的一切
都成为燃烧的炭壑
我用一扇门，将烈火阻挡在六米之外
留下六米的过道，涵养一段竹林岁月
我通过桌上的电脑，在清凉洞天
与世界的水深火热连接
屋顶的荧光灯，这白昼乔装的灯塔
在一片乌云之帘的包裹下
肆意挥霍着我漏洞百出的中年

二

长江不会倒流,但江河已断流
酷暑将地球变成一只煮沸的砂锅

行走在超四十摄氏度高温的街道上
汗如雨下,身体仿佛决堤的江河

流吧,流吧,如果能以我的干涸
为天下苍生换来一场甘霖

2022.8.21

秋雨图

大楼左边窗外是淫雨，狂风摁着槭枝的头颅
猛烈撞击玻璃窗

大楼右边是长廊，一溜儿摆满五颜六色的伞
酷似春天的蘑菇丛

长廊外是树林，五彩斑斓中最热烈的是栾树
树林远处是雨雾缭绕的青山

青山这边是雨雾，雨雾前是五彩斑斓的树林
树林这边是长满蘑菇的大楼长廊

长廊左边是办公室
里面坐着一个人淡如菊的我

我的左边窗外是淫雨
狂风摁着槭枝的头颅猛烈撞击着玻璃窗

2021.9.13

荔波瀑布

群山沉默千年。它欲言又止的话语
在体内凝固成一片，石头的海洋

群山不说话，瀑布代替它言说
瀑布伸缩着长舌，调节着风的音调

将群山的心思，一层一层说出
形成六十八折白练，从深潭的口腔飘起

瀑布就像一把把柳叶刀
游动在群山体内，将它沉默的结石

一片片削薄，又如一支支银色木桨
跃动在石头的浪涛上

人世间唯一不讨人嫌的
是瀑布说的话，是石头海洋的喧哗

一个人开口，应该像荔波瀑布一样
将心里的话，说得一波三折

2021.8.1

小雪（其二）

一个与往常毫无二致的日子
雪尚在路上，但我们的脸颊
感知到了它从远方伸来的触须
或者长舌
华灯初上。我走在回家的路上
街道旁的银杏叶都从枝头走光了
它们回家的心情
显然比我要急切得多
迎面而来与疾驰而去的车流
都亮起了车灯，它们回家的姿势
一样的温暖
有一行外乡人，推门走进了路边
一家老杭州馄饨店
就像回家一样

2021.11.22

腌渍的冬天

被霜腌一场,被雪渍一场
被阳光熬一场

大地
散发出腊肉的芳香

2021.11.24

雪落

雪落下来,人间的防冻液够不够用

历法飞驰了三百六十余天
穿越漫长的非常地带,显露出疲惫之态
发动机油消耗殆尽
悲与喜,发出刺耳的摩擦声

喷水壶里的车窗净被一轮又一轮
发酵的舆情蒸发干净
刮水片利刃一般刮削着正义的挡风玻璃
视线变得模糊不清

引擎盖下,掩藏着多少人性的枯枝败叶
空调滤芯,过滤了有害气体与尘埃颗粒
送入梅花的暗香
却也滋生了带状的黄色霉菌

悲悯的底盘太低,被坎坷撞出和震荡
损伤如一个身体四处漏风的中年人
车轮上越缠越多的恩怨情仇
被沿途的隧道纺出千里乡愁

雪落下来,年关近了
我们和老皇历,都需进行一次保养

2021.12.25

薄雪

一

一只白虎的身影,在西湖上空闪现
惊鸿一瞥
杭州,一夜之间回到临安

气象预报:有几只幼年白虎
正踏着钱塘江的寒波
从遥远的北方,寻母而来

白虎,古代传说中的四大神兽之一
它带来了如下神力——
避邪、禳灾、祈丰

二

薄雪,落在人间

在地上,画就一个个圆形、方形、菱形
或形状不规则的白色圈圈

像一道道枷锁
封锁大地

2022.1.29

四月

夜太黑了
出海捕鱼
在头上
套一盏电瓶灯吧

2022.4.23

夏至

一

所谓夏至,就是一柄从草木中
递来的长剑
它穿透春天华丽的衣裳
直抵热血沸腾的心脏
殷红的血滴
果实一样落满秋天
最终在一场雪的尽头
露出闪闪寒刃

二

一个骑电动车的女子
车头搁着一把菖蒲,越过都市的斑马线

她将一截碧绿的汨罗江
从古老的风俗中驮来,运往烟火生活

她的电动车,像一只微型龙舟
横渡都市的农历,在银色波浪上跃动

将一个陡立的夏天
放倒在五千年的风里

她的电动车驶远,蜕下一具雕像的幻影
飘忽在都市街头

2023.6.21

秋歌

黄金堆积半空
大地一定感受到了重压

蓝天舒展臂膀
扯破白云的衣衫

秋日的一切都暗通款曲
这边江河陷落,那头山脉隆起

枝头上的硕果重了
星星轻了

2022.8.30

九月

一

蝉鸣终于喑哑。窗外的蟋蟀开始弹琴
像湖面蹿动的一串水漂
加深了秋意

那朵紫薇花从秋风的舌尖沉到心里
爱悬在半空
昆虫们在大地上写下成熟

二

繁花覆一层,绿荫盖一层
硕果压一层
九月,被埋入时光深处
像煤,被黑暗深深掩埋
却只要一粒地火
便能熊熊燃烧
像亲情、友情与爱情
纵然长久遗忘
却能瞬间引爆

三

颂歌四起。腐朽的修辞在草木上着笔
江河与山脉，一齐在秋风中蝉蜕

深情的人，纷纷从一场场深情中撤出
凉薄自己的情愫与血性

通往秋闱的羊肠小道上
一队赶考的书生从古代一直走到今天

枝头探出一柄柄黄金槌
即将擂响大地的铁皮鼓

          2023.9.3

秋色赋

秋天没有什么可赞美的。秋天的气息
就是我们的气息
秋天的收获,就是我们的收获
秋天的落叶,就是我们的落叶
与我们一样,秋天经历了春的盎然、夏的蓬勃
也与我们一样,必将迎来季节尽头那一场瑞雪
尽管已入秋了,它的枝头尚有红叶似火
尽管仍有红叶似火,它跌落树下的果实已开始腐
　　烂、发酵
一瓶好酒啊,在人间放置了半个多世纪
成就了这坛五十年陈酿
比青春的二十年陈酿更柔和
比壮年的三十五年陈酿更绵厚
青葱过了,繁茂过了,暴雨攒击过了,烈日炙烤
　　过了
所有的滋味,都灌浆在枝头的果实中
啄食的鸟儿,最懂得它的味道
在这收获的季节,抖落满身枯枝与衰叶
以铁骨,在冬的天幕勾勒一帧酣畅写意

2022.9.24

秋风颂

美学词库告急,赞美词用罄
尚不能组织一篇写给秋风的献词

秋风在飞翔,浩荡地飞翔
它扇动的垂天之翼,搅动云海、群山和江河

天地间万物都在追逐它飞翔——
云海、群山与江河,草木、果实与蝼蚁

一个身影从易水中站起
他手中握着的一道波光,比易水更寒

落叶遄飞,向苍穹伸出乞讨的手
兑换颂歌的金币

我看见一只比一场瑞雪还大的白鸟
正从远方飞来,加入赞美的行列

2022.10.6

寒露

秋雨叩击窗棂。一颗雨珠若是一颗露珠
今晚有亿万颗寒露从天而降

一条山脉似的大青鱼在窗外游动
明灭的雨珠，是它闪闪发光的鳞片

它的尾巴扫过我的脸颊：微凉、生疼
像极褪去浮躁的人世

2022.10.8

残荷

一块生锈的铁板
明朝士大夫被清风掀起的一角衣衫
被寒风定格
大襟袍中的两足
被袍主人自己忍痛斫去一只
像八大山人一样
在民族气节中金鸡独立
耻于一脚踩在朱明的泥泞里
另一脚踏进大清的版图

         2022.10.10

十月

十月之剑从秋风中出鞘
以山脉和江河的形状,缓缓刺入时间的肌群

它在游动中,被擦去花朵、果实与铁锈
瘦成一缕凛凛寒光

它穿透血色黄昏。锋刃上跳动着梅瓣
雪花和星光

2022.10.25

立冬

路边野菊花开了,两朵
像黑暗中洞开的,两扇朔风之门

想起即将降临的严冬
我的心,不由得紧缩了一下

归去,我要泡一壶菊花茶
半壶明目,半壶清肝……

2022.11.7

雅歌

今晚所有的桂枝都感受到了地球引力
大团大团的桂花将枝条压得很低

今晚一切瓜果都在桂花面前失去了重量
它们的枝干与藤蔓一齐被飘浮的桂香拔起

今晚所有的桂枝都拯救了自身的下坠
拯救了一个浩大的黄金集团的倾覆

2022.10.23

老北风

一匹挣脱了缰绳的老马
从北疆,向着江南疾驰

它的劲蹄,踢破苍穹
锋利的碎玻璃,哗哗从天而降

它的长鬃毛猎猎飘舞
像一个皤髯飞扬的老帅哥

2022.12.17

速写

蓝天抹着几痕白云

一枚银色飞机,胸针一样,别在蓝天
微微拂动的胸襟上

天空,一望无际的蔚蓝
大地,红叶如血,流淌成河

仿佛这人间纯洁如玉
仿佛这世界未曾有过枯枝败叶

2022.12.15

蝉

夏日的电焊工大军
戴着绿荫的面罩,蹲在树冠中
焊接崩裂的火炉
从它的焊接枪口迸溅的火花
箭镞般射满天空
凄厉的吱吱声
锯破流云的耳膜

2024.7.7

芒种

这一天,老农们忙着播种
诗人们忙着以"芒种"为题写诗

只有红学家,只有我
看见林黛玉正忙着葬花

她将自己连同花的艳骨
一起装进锦囊,葬入《石头记》

2024.6.13

大地上的树木

大地上所有的树木
都是未能实现飞翔之梦的鸟儿

它们伸展在风中的翅膀上
长满绿色的羽毛

然而它们的脚蹼被泥土死死缠住
最幸运的也只是连滚带爬地冲上了山顶

至少枇杷树是这样的。在我家露台上
我看见从它身上凋落的两片叶子

羽毛般斜躺在花盆中。从它们黄枯的
眼神里,我看见闪烁的泪光

这一意外的发现令我震惊
这一意外的发现令我悲伤

2024.1.7

天空赋

健朗的天空
有着白云的好肤色

猛抬头，看见头顶落尽叶子的枝丫
仿若它密布的毛细血管

再侧耳倾听，远处鸟鸣啾啾
一定是它怦怦的心跳

2024.1.9

大寒（其二）

走过半个多世纪严寒酷暑的人
早已不惧大寒
仅凭足尖的记忆，他就知道
翻过这道山梁，便是春天

春天多好啊！他的大半生
都是从春天穿行而来的
并不是所有的季节都是春天
只因为他掌握了一门制造春天的手艺

若是感到寒冷，就多穿件衣服吧
若是还感到寒冷
就在心中点把火
以寒冷为柴，燃烧出一个春天

当然亦可以足尖为镘，将寒冷
刨出一个个小洞，种上春天
只要心中有春天
人生就有了一副抵御严寒的铠甲

2024.1.18

我喜爱枯枝胜过繁枝茂叶

我酷爱磨灭之美
酷爱颓废、侘寂深处时间的遗迹
当满天枯枝扯破流云的衣袂
它说,"我收纳了夕照的愁容
和朔风的悲远"

如果一定要选择一个朝代
我宁愿是晋而不是宋
铁砧上的飞禽与酒壶中的猛兽
被铅云牢牢地
摁在寒风中摩擦

疾行的五石散
也无法散尽一个朝代的忧愤
那么,穷途之哭就是一种突围?
是谁将文字刻上了危岩?
又是谁将音乐从天空抛下深渊?

作为一种从铁砧上逃逸的铁
枯枝是我们这个时代唯一的审美
它驱赶了树叶与鸟声
如同游鱼驱赶了河水与圩堤
显示出与晚霞格格不入的脾性

"当杨柳披上了夕照的婚纱，
她是否嫁给了永恒的爱情？"
人世的繁华如雪崩
而此刻一片虚无的凌霄宫遗址上
乱石正以北极旅鼠的速度繁衍

       2024.3.1

春分

春风吹拂城市公园的郁金香
也吹拂乡村溪头的桃花

春风吹拂山顶的寺庙
也吹拂山脚的农舍

春风吹拂富人的笑颜
也吹拂穷人的愁容

春风吹拂连天的炮火
也吹拂悠然飘荡的祥云

春风很公平
吹拂人间一切善恶美丑

春风很温柔
将人间融为共情的整体

2024.3.19

行道树

春天这些行道树,开始拿出
在身体内珍藏了一冬的花蕾
像旧时春节,那些贫穷的乡下亲戚
大方地拿出待客的糖果糕点
这些从乡野徙居都市的树木
已然是都市居民了
依然保持着纯朴大方的本性
为了春风,倾己所有
像我一样,即使已在都市生活多年
依然保持着,乡野本色

2023.3.1

老银匠

白玉兰开满枝头,远看犹如苗族少女
头上戴的银饰凤冠
桃花被春风锻打成一瓣瓣银叶
白樱花,也在想象中烂漫成一片银箔

春风这个老银匠
手艺不错

2023.3.9

即景

梅枝在早春二月的晨风中
摊开手掌

它将满手的梅瓣和阳光
摊给更高枝头上的白玉兰看

2023.2.28

春天（其二）

我看见蜜蜂的船队，在阳光海中
穿越春风掀起的浪涛
一次次，顽强地向着花朵的礁石靠岸
就像我，常在夜晚卷起的黑色浪涛中
驾驶着文字的船队
朝向书桌上的航标灯归航

2023.3.5

青山如此丰富

青山如此丰富，以至它想隐藏自己
也难以掩盖峥嵘

它收藏了那么多阳光
像一面金色旗帜，在风中哗哗作响

它收藏了春雨、夏露、秋霜、冬雪
也收藏了鸟啼、蝉鸣、蝶飞、蜂舞

它收藏了天空，也收藏了道路与陷阱
以及峭壁与深渊、腐尸与骸骨

它收藏了黎明、鲜花
也收藏了黑夜、枯枝

它收藏了蛇芯子上跳动的火焰
也收藏了蜈蚣百足泛出的阴寒

2023.3.15

立秋辞

农历六月的燠热,凝结成乱石
纷纷坠落脚底,将我不断垫高

我笋一样斗破苍穹
在星空,凌波微步

我本一匹独来独往的天马
在秋夜,回到天空中的家

透过一场即将到来的浩瀚收获
我看到一场浩瀚的雪也已动身

2023.8.8

秋声赋

秋声浩大，光阴俯视众生
长风乘着白云的骏马在高空驰骋

山脉向着苍穹秀出肱二头肌
江河载着阳光放缓了流浪的脚步

花果树木一齐点燃枝头上的果实
野草开始缝制渡劫的袈裟

有人推着丰收的小推车行进在大道上
有人躲在门后谋划肮脏的勾当

一枝扦插的菊花在泥土中吐出绿叶
酝酿着为人间抒写一首赞美诗

作恶的人，停止你的作恶
行善的人，请继续你的善行

2023.8.26

栾灯

一

阳光已经够亮了
栾灯依然在白昼点亮

栾灯说：太阳有太阳的光芒
我有我的

这以秋风为燃料的灯笼
疼惜自己微弱的光芒

我看见它的火苗在迢遥的时光中
由嫩绿渐渐变为红黄

我看见草地上铺着一层厚厚的金粉
接纳它凋落的烈焰红唇

桂子沉重，红枫轻浮
这人间除了栾灯，没有我所爱的

二

栾灯再一次被寒风烤焦
像一群乌鸦，盘踞在冬日的枝头

它距离上一次的熄灭
仿佛只是一瞬间
时光迫不及待地赶路
从童年匆匆赶往少年、青年、中老年
连脚印也不曾留下一枚
树下的草地也跟着变得枯黄
像一块微型草原
等待一群落叶的骏马
从它上面一驰而过

         2023.10.18

秋歌

红枫烂漫
蓝天收起白云的挽幛

山中的栾灯继续飘落
江河继续奔流

晨昏依旧交替
而芦花依旧一夜白头

2023.11.2

秋山令

再也没有一个词,比斑斓
更能传神地形容沿途流淌的山色

这蓝天下的斑斓,云雾中的斑斓
远处的斑斓,身前的斑斓

这一匹斑斓的虎,一群斑斓的虎
秋风中的虎,我心中的虎

2023.11.24

冬至

高高的枝头上，金戈铁马
鼓角争鸣

委弃满地的龙鳞、马鬃
断戟和刃片

一个黑衣人，默立于
辽旷的朔风中

他的胸腔，似也有金戈铁马
鼓角争鸣

2023.12.21

雨水

曾经在乡间
听过一夜,雨打窗棚的声音

像极一群春蚕,在啃噬桑叶
我谛听着,仿佛听到春天的脚步声

今晚又是一个雨夜
我忽然想起抖音上看到的一个无人村

那里若是下雨,一定也会响起连片的
春蚕啃噬桑叶的窸窣声

只是再也等不来
一个养蚕人

2025.2.18

梅花辞

一瓣，两瓣，三瓣……
一朵，两朵，三朵……
像一排乱石
铺在寒流中

风提着裙摆，踮着脚
跳跃着，踏着它们
从冬的此岸
逃向春的彼岸

光阴的省略号里
掩埋着，魏晋的雪径
两宋的驿道
和清代的香雪海

将镜头推远
我看见雪地上的一粒朝阳
将镜头拉近：一块红绸
蒙住了，我的双眼

2025.2.25

立秋（其二）

黎明时分，我从一场宿醉中醒来
独坐于露台，观摩一座城的苏醒

苍穹如一本倒扣着的大书
在晨曦中，悄然张开翅膀

一排排楼群，以朦胧诗的形式
进入灰蓝的内页

远处的暗云，在高温的炙烤下
俨如几块不成形的大蛋饼

露台似礁。头顶上一片空蒙
脚下是一片蒸腾的暑气

你们可以想象这样一幕场景——
辽阔的天底下

有一个人，静坐在礁石上
他身前身后，是一望无际的大海

而秋天，正乘着一道银白的潮线
从遥远的天边，向他赶来

2024.8.5

在春天,做一只鸟是幸福的

它们躲在高高的枝头
唱着好听的歌

独唱,或者合唱
有时呼朋唤友,有时自顾自抒情

它们有翅膀,想飞翔就飞翔
有爪,想栖息就栖息

它们有的长着红喙
有的拖着长长的尾巴

它们栖于樱花树上
鸣叫声便有了樱花的形状

栖于梨树或桃树上,鸣叫声
便有了梨花或桃花的芬芳

它们也落到地面觅食
更多的时候,它们居于高处歌唱

像人世间的一群诗人
像我

2025.3.10

流水辞

流水窅然东去,留下一张波纹的蛇蜕
与石拱桥厮守千年

不知石拱桥是否知悉真相
唯见一轮圆月,吸盘一样紧咬住天壁

垂下万千道光索
将石拱桥身,牢牢拽住

2023.11.21

第六辑 夕阳箫鼓

老宅

在游子心目中,老宅高于五星级酒店
也高于五亲六戚家的住宅
难得回一次故乡
最稀罕的是在老宅住上一晚

半生打拼,回到故乡
住个五星或七星级酒店
眉头可能会皱一次,但绝对不会皱上两次
——如果故乡星辰闪烁

我不想听自来水哗哗的响声
更喜欢从深井汲水为炊
虽然父母都已不在,兄弟姐妹也星散四方
我却更希望以童年之身,潜回老宅

对于游子,每一次回故乡
都是一次生命的格式化
故乡是一只垃圾桶,是一座加油站
每一次离别故乡都是一次满血复活

人生需要时不时吸一吸地气
在钢筋水泥的丛林生活久了
我们的根须
已被城市腐蚀

2023.1.22

姜夔

流浪在落叶中的饶州老乡
他在史册上,以自己的履迹
覆盖了故乡的名字

没有谁比他更洞悉秋风的音律
他从西湖揭起一匹秋波
他将生命自度成一条寒江

他俯身从地下拾起一片槭叶
从中认出了故乡的黄昏
和自己一生的血泪

2023.11.23

父亲入殓的时候

父亲入殓的时候
殓葬师对我们说
你们兄弟仨各自脱下一件身上的衣服
垫在老爷子肩头
有儿子护着,他就能走得温暖而安详

大哥脱下了一件绛红色毛衣
小弟脱下了一件藏青色毛衣
我脱下了一件绘有卡通图案的毛衣
垫在父亲肩头

平生只穿过中山装和拉链衫的父亲
死时除了穿了一回唐装寿衣
还拥有了一件时尚的
卡通羊毛衫

2020.9.28

中秋月

多少游子的相思
织成了这个偌大的蚕茧
高悬在夜空中

2020.10.1

岳父

岳父去世了。在整理他的遗物时
我们发现了一个小本子
上面详细记载着他的几个
孙子外孙外孙女(包括我儿子)的
出生时辰

2020.7.21

母亲的魂魄多半已随风飘散

四年前的冬至我们为母亲迁墓

迁墓前四十年,母亲常入我梦
迁墓后,我从未梦见母亲

不知是因为已与父亲合葬
母亲的魂灵从此变得安详

还是因为骨殖见了天光
她的魂魄已然随风飘散

2021.5.6

城纪：漂泊的蔬菜

我认得她们：西红柿、辣椒、茄子
秋葵、青菜、香菜、小葱
她们脚上都套着花钵的粗布鞋
伫立在"苏盐0036号"运输船的船头与船尾
穿红着绿，像极一群从女儿红里驶出的
乌篷船上的村姑
这是下班后，我朝窗外楼下随意瞥见的景象
即使运输船在古运粮河上全速行进
我依然能清晰地看见她们青翠的面容
俨如一群游子，被从故乡连根拔离
置于流徙的命运中
用坚硬的铠甲，守护赤脚上黏附的
一小捧故乡的泥土
作为一群异乡漂泊者，她们比故乡的同类
在勉力向着天空生长之外
多了一份沿地平线漂移的孤寂与艰辛
无法抓住故土，便紧紧抓住脚板底下
一块浮于浩渺之水的木质船板
在呼啸的农历中，燃起眸子里的绿色火苗
将不幸改写成幸运，一日之内
遍历阴晴圆缺，览尽沿途风景

2021.9.9

干越亭

我是一座行走的干越亭
鞋底粘着琵琶湖的涛声

我用挺直的脊梁
努力撑起它的人文天空
将双臂展成翘檐

我屹立在东山岭上
目光吹拂着一千里乡愁

2021.11.12

父王

他五十二岁丧偶,八十七岁离世
整整三十五年不曾续弦
他的孤独,在他离去后
被我们看见

他的儿女星散各地
宅基地上徒留一幢空荡荡的小楼
清明、中元、冬至与除夕
他若回家,只有几只燕窠相伴

他是我的父亲,人间与冥界的
孤独之王

2021.11.27

秋天所有美好的表情都高过故乡

秋天所有美好的表情都高过故乡，譬如日月星辰
枝头的柚子、柑橘、板栗和火柿
譬如冠山公园的烈士纪念碑、琵琶洲上的摩天轮
冕山公园的吴芮坐像与游步栈道
譬如拐入村庄的车辙辘
很低很低的故乡，赣鄱平原的巨舌与江南丘陵的
　　红唇初吻之所
被我不断背叛又不断潜入的人生启程地
它匍匐的身姿，在窄窄的水泥村道两旁
书页般摊开
近处的稻田，密密麻麻写满泥金的文字
配以一帧帧小型的荷池插图
远处葳蕤的灌木丛和更远处从丘陵密林中
闪出的屋檐
是它被秋风卷起的页边
只有信江比故乡低，朝向低处更低处静默地流淌
吸附着江上的云朵、渚上的鸟鸣声
蟋蟀的弹唱，以及岸边徘徊的亡灵
向着我心灵的深壑不断汇聚
在我心底，淤积成另一个沉重而湿漉漉的故乡

2021.10.7

远行的人

远行的人，已经走了整整十年
先是一天、两天、三天
接着一年、两年、三年
从今往后，将是二十年、三十年、四十年

远行的人在十年前的初春启程
去追赶走在他前头的先人们
他为爱所累，在人间盘桓了八十七个春秋
成为一个掉队的人

远行的人远行那天，农历敛起春节
阴云垂下幕帘
远行的人远行十年后，天空归还他
一场雨一场雪，我归还他一炷心香

远行的人，一直停留在原地
至今都没能走出故乡的那座墓茔
远行的人已经走得无影无踪
这人世，再也没有他的任何消息

2022.2.17

清明辞

南风轻拂,群山放低了坡度
亡灵们踩着平稳的步子走下山来
迎接人间的亲人

他们在桃花下交谈
各自将心里憋了一年的思念
说与对方

阳光飘落,鸟鸣声声
远处的墓碑前
映山红,摇动起一片火焰

2022.4.4

村庄史

从何处来？不知所来
族谱上的荒草，湮没了村庄的来路

往何处去？不知所去
一批批青壮年，如同磨槽间淌下的琼浆
汩汩流向外面的世界

留下两扇缺损的磨盘，像一粒
异形的瘪谷壳，被遗弃在秋风中

2022.5.2

沉船

吃水线很深很深的母亲
早已从光阴的海平面消失
如果以每年二百四十五米的速度计算
四十五年
她应该沉落到了马里亚纳海沟最深处
怀念是一种徒劳的打捞行为
沉落得太久太深了
捞不起半枚银币和碎瓷

2022.5.8

流浪的水井

我知道我是一口流浪的水井
一口蓄满乡愁的水井,在大地上晃荡

一只童年的白鹭,停栖在井沿上
它扑扇着翅膀,努力平衡被时光吹歪的身子

陡峭的井壁上,长满虫声与葵草
一朵洁白的云,在波心摇晃

水井四周,流淌着春光与秋色
远处田野上的车水谣,牵来一场纷飞的大雪

梦里,一条粗长的稻草绳甩入水井
放下一只月亮,提起满满一桶星星

杂沓的脚步声从井旁响过
镰刀般的身影,啜饮淳朴的乡风

这是我童年的村庄
这是我故乡的水井

如今那口水井早已被岁月填埋
连石井圈也不知去向

只剩我这口流浪的遗存,那不时从眼眶中
涌出的热泪,证明它的泉水尚未完全枯竭

我是故乡最后的一口水井啊
我要永远保持它的幽深与清澈

2022.7.6

丘陵帖

它的语汇中没有巉岩的高峻与尖锐
只有泥土朴实的起伏与柔和
所以它一眼望不到边

鹧鸪声啄破故乡的白昼
蛙鸣声塞满故乡的夜空
在昼夜之间,楔着一个归来的我

"鄱阳湖的巨舌
深情吻着江南丘陵的红唇!"
在昔年的诗篇中,我这样写道

父母的墓茔以最小的山包形象
在夕阳的照耀下
加入江南丘陵的版图

我的眼角,滚落一颗泪滴
我知道,那是来自灵魂深处
鄱阳湖与信江的浪涛

2024.5.4

虚无之子

母亲去世已四十六年
没有留下任何遗物,乃至一张照片
彻底化为了虚无

我是母亲的儿子
我是虚无之子

2023.5.14

归乡图

两个我一齐归乡
一个少年的我,一个中年的我
少年的我迷茫
中年的我迷路

一切都消失了:余家渡,沙港合作社
古埠高中、老县城的犁头嘴、电影院
一切都还萦绕在唇齿间:柚子皮炒辣椒
鳜鱼煮粉、荞头炒牛肉、鲇鱼煮芋头、包馅馃、
　酱瓜

一个全新而陌生的现代县城崛起
鳞次栉比的高楼大厦、清荣峻茂的冠山公园
游人摩肩接踵的冕山公园
摩天轮悠悠转动的琵琶洲

信江水势衰了,但江豚湾的江豚
在康山大堤下的碧波中成群结队地游弋
栖在牛背上的白鹭消失了
但鄱阳湖畔飞腾起的候鸟,遮蔽了整个天空

一切都夷平或淤平了:村庄里的老虎山
细背山、锅山、马山湖、面前湖、后山井
一个扩大了近两倍的村庄

林立的楼房，覆盖了贫穷的旧貌

沿着一缕丰收辣椒的鲜辣甜香
我驱车前往康山、李梅岭、应天寺
木溪水车、枝叶园、古埠镇、茅柴山
拾掇我少年游子的绮梦，补织我破损的记忆之网

一个少年，在陌生的故乡
四处寻找逝去的亲人和童年的月光
一个中年，面对全新的故乡
有惆怅，更多的是欣慰与期望

2024.12.28

第七辑 梅花三弄

我们都是别人

我们都是别人。用自己的嘴
说别人的话
用自己的脚,走别人的路

有时我们明明想说 A
舌头被一股神秘的力量扭转
脱口而出的是 B
有时我们明明想向左行
双脚偏偏趔向了右边

我们被别人看管
我们的言行被别人拿着尺子
一寸一寸地衡量
我们也看管着别人
拿着尺子丈量别人的言行

我们的魂附在别人身上
我们身上也附着别人的魂
我们都是肢体残损者
部分肢体相互长在对方身上

我们想寻找自己
结果找着的竟是别人
我们想区别于别人
岂料别人身上胶着着我们

2022.10.13

如是观：与诗人卢山茶叙

你已入"如是观"时
我还在寻找"观自在"的路上

一个"观"字，联结着梦幻、闪电和菩萨
如同一条穿越云海的航线
联结着铁马秋风与杏花春雨
如同诗行，联结着两个不同年代的缪斯之子

本是同一个茶吧，却因大脑海马区的紊乱
生出似是而非的幻象
一如江南垂柳，以铁骨红柳的形象
现身于塞北大漠

宝石山腾起的一只鹰隼
云游于阿尔泰山、天山与昆仑山脉的苍穹
在时光的间隙，回到南天小憩
我看见从你江南诗的体内
正葳蕤出一片摇曳的边塞风情

杭州城西的下午时光
在壶中翻腾
太平猴魁在江南的泉水中
绽开词语的小舌头
和着小可爱如果天真烂漫的咿呀声

你白皙的脸庞,因镀上了友情、诗情和亲情
而略显凝重

阳关三叠在我的喉管回响
左宗棠将军当年栽下的林带
障碍了我内心肆虐的风暴
你说我的性情,更适合生活在辽阔悲远的漠北
而我恰恰久有饮马敕勒川的中年之思

你是江南,也是塞北
是绿柳,也是红柳
当江南混血塞北,绿柳嫁接红柳
诗歌与人生的谱系中,将出现怎样一种新貌
对此我充满期待与祝福

2021.2.6

浩歌

大地辽阔,苍穹高远
长风裹挟云团与江河竞逐

鸥鸟舒展帆翼
在海天间翔舞

浮世喧嚣。我在内心
修一道篱笆,种一畦淡菊

2020.2.22

与王五四兄书

你寄来的新茶和春天收到了
罐装的春天
刚一揭开罐盖
就有一串绿色的蛙鸣从罐中跃出
如同壶口瀑布
用柔软的舌头舔开冰层
从黄河一跃而起

紧跟着我就看见一罐翠绿的鸟鸣
团簇在一起
似乎整个春天的鸟鸣都来这里聚集了
麦粒般的鸣声,它们抱团的身影
淹没了江南
填满了春分到清明的空隙

那些桃花、李花、杏花和樱花的芳香
也加入了合唱。领唱的当然是茶叶
她细小柔和的声音
却具有女高音的辨识度
即使在塞北
也能听出它是来自杭州的歌喉

在一罐冷却的火焰中
我努力探寻失踪的西湖

它潋滟的波光
和满湖烟雨
如何被一捧木叶蒸发、珍藏
它漂荡的帆影
如何凝成这一片片微型春色

而其实我想说的是
没有什么铁罐能封锁住春天

           2021.3.22

未来考古学

多少赝品,被奉若至宝
在艺术的长廊展览
赢得观者如织

把自己埋藏好
埋上数百年甚至千年
等待一把考古铲的叩响

2020.8.19

童年

小时候，没有电灯
照明用的是煤油灯，用矿烛都属奢侈
但我们拥有月亮、星星、萤火虫
和没有院墙的夜空
如今，我们置身于一个个
大大小小的格子间
灯火通明
然而，我们并不觉得小时候有多黑暗
相反，记忆中的童年
一片辉煌

2020.11.3

山海经

群楼嵯峨,刺破蓝天的白裳
俨然一座峰峦如聚的
城市山

我在城市低处觅食
常常感觉自己就像一尾
在深海晃荡的鱼

2020.11.6

地下铁（其二）

地下铁，一条赴宴专列
似一把长锯
城西与城东
去一锯，回一锯
将日子锯成两半
一半昼
一半夜
一半醒
一半醉

2020.12.12

恩赐

鞋跟越来越低,越来越低
直至与地面完全平行,贴合

一种游子重回母亲怀抱般的熨帖

天空越来越高,山峰越来越高
令我仰望的事物越来越多

奇怪的是,在它们面前
我并没有产生任何矮小的感觉

我知道,这些都是岁月的恩赐

2021.12.10

告密者

告密者费力地攀上岩礁
他要将海底沉睡的星光
向乌云举报

告密者拆毁礁上的灯塔
一切发光的事物
都是他的仇敌

告密者没有察觉愤怒的海水
正在形成海啸
正在抽取他脚底的礁石

2021.12.19

火焰

阳光中有火焰,大树中有火焰
百花中有火焰

阳光的火焰是红色的,大树的火焰是绿色的
百花的火焰是彩色的

我的心中也有火焰
我心中的火焰被一场大雪包裹

2022.2.24

在戈壁驯养一匹大海

在戈壁的死亡辞典中
驯养一匹大海
驯养太阳的悼词、月光自缢的白练
驯养波峰的扇骨、展开的海天
以及孕育于谷底的飓风与海啸
驯养惊涛拱起的兽脊
——这大海之书的青钢书脊
驯养镀在书脊上的日光
藏在书页里的夜色
驯养巨鲸：这大海中游曳的花朵
驯养扑向海面的乌云：这撕碎一切的
饥饿的狮群
并且驯养暗礁：这黑暗中挣扎的
词语之奴，被逻辑啃噬
却不可粉碎的硬骨
这海水滋养的火焰，以海水为油
在海中燃烧的亘古寂静
并且驯养一群叫喊的海燕
它们翔舞的翅膀，挣脱死亡之海
并且将它深深掩埋

2022.4.19

车子

车子许久未开
散步归来途经车位时
看到熟悉的车牌
心中一惊,继而狐疑
一时不敢相信
这是自己的车子
仿佛猛然看到
一个遗忘已久的自己

2022.5.19

悬崖

我在自己的悬崖上行走
忘记带上翅膀
我一路走着,一路跟悬崖上的花朵与草木
打着招呼
狂风刮来,乌云卷来,迷雾涌来
我失却方向,唯有用淌血的脚趾
紧紧咬住石头的齿轮,继续前行
我看不见脚下的万丈深渊
但能感受到有一股强大的吸力拖拽着我
先是我的影子被拽了下去
接着是皮肉、血管与骨骼
以及脚趾抠牢的石头
我像一头被恶狼撕碎的羚羊从悬崖上飘落
我从悬崖上伸出双手
将坠下悬崖的自己聚拢、托住
自己拯救自己

2022.5.29

折叠

四季折叠，春花秋月，酷暑严寒
一把折扇，握在风的手中

大地折叠，高山长河，险峰深渊
一道石阶，折叠着多少人生成败

高耸的浪峰，沉陷的波谷
大海从未在折叠中，熄灭内心的涛涌

群山缄默，松涛阵阵
它们将折叠在黑暗中的淤血凝成煤层

被强行折叠的日子，叠起是一根根傲骨
展开是一片鲜花开遍的草原

生死也是一种折叠。生横亘在人世间
而死，隐匿着多少生的秘密

2022.5.30

像一道闪电

脱下文明的伪装,赤裸上身
今晚我愚公移书
灯光像月光一样沐浴着我
壁立的书山轰然倒塌
如同惊醒了书中蛰伏的冻雷
紧跟着一道闪电
抽打在我身上
像朔风的皮鞭抽打一泓瘦水
凌厉、锐痛、刺激
一种多么熟悉的感觉
这些年,我宁愿从书中游出的
一道道闪电
不停地将我抽得遍体鳞伤
也拒绝做一个
平滑光洁的瓷人

2022.6.7

霉干菜简史

先名"霉干菜"
名副其实，与命运有着相同的霉运
和萝卜干一起
喂大了乡村羸弱的童年与少年

后名"博士菜"
去叶、暴晒、清洗、切碎、堆黄
腌制、闷香、压制
饱经磨难，青年时凤凰涅槃

再名"脱贫菜""致富菜"
带着翠绿的盼望与喜悦
从晨曦中出发，穿越大片大片阳光
爬上五湖四海的餐桌

现名"梅干菜"
与各种菜肴百搭
像丛丛梅花
绽放在国人的舌尖

天下霉干菜，出身在乡野
绍兴霉干菜，祖庭在益农

2022.8.17

捷尔任斯基

我的记忆老是将帕斯捷尔纳克
与捷尔任斯基混为一谈
这两个苏联人，一个是诗人、作家
《日瓦戈医生》作者、诺奖得主
一个是"契卡"缔造者
有着"钢铁"之称的"燃烧"的革命者
小时候，忘了是从电影《列宁在1918》
还是《列宁在十月》中
看到当列宁遇刺时，捷尔任斯基
迅即开始了镇压反革命的雷霆行动
从此捷尔任斯基
便与奥斯特洛夫斯基以及瓦西里一起
成为我崇拜的偶像
几十年后，当我遇见了帕斯捷尔纳克
他便从我的心空
则冉冉升起
成为夜空中一颗璀璨的巨星
——尽管捷尔任斯基的轨迹
在我心灵擦出一道深深的痕迹

2022.10.8

赞美诗

在盛大被温柔校准的时代
我依然要热烈赞美盛大。譬如这盛大的仲秋

从社会学的桎梏中摆脱出来
仲秋以纯自然学的面貌现身在我们眼前

这白云翻卷,这长风万里,这江河浩荡
这亿万盏栾灯和红柿照亮的群山

这一粒粒稻谷铺展的黄金沃野
这一棵棵小草织就的辽阔草原

这浩浩荡荡的蚂蚁大军
它们行进在秋天的大地上,搬运甜蜜的浆果

这从银河扑向人间的瀑布
这卷起怒涛跃上九霄的大海

这陶与瓷罐装的春秋
这盛大的光荣与希望

2022.10.30

称呼

很多时候,我们与人打招呼
称呼的只是头衔
头衔中的面目
有的鲜明,有的模糊
头衔就像一块脸部挖空的
人像合影板
洞中的脸孔走马灯般变动
而影板俨如铁打的营盘
一些脸孔与影板高度契合
一些脸孔与影板严重违和
无论契合与违和
脸孔都将消失,甚至一闪即逝
甚至连同影板本身
最好的称呼
是能越过头衔的屏障
叫一声兄弟,或者直接
从对方的身体内提取乳名

2022.12.5

仰望

我伫立在露台上,仰望星辰
寒潮如海,向我席卷而来
漫过我的头顶,涨上天空

露台沦为暗礁。我伫立在礁石上
仰望海面
如沉船上的一截桅杆

目光穿透千年的覆沉记忆
我看见星辰,像一尾尾静止的游鱼
在头顶浮跃

2024.1.4

隐者

隐者为物候所伤
隐于市

江湖平静
似乎从未有过隐者其人

不去打扰
便是对隐者最大的尊重

我们从不联系
但声气相通

我们互为隐者
中间隔着一丛梅花

2024.3.1

三月，我是一封无法邮寄的信

写在脸上的地址已在泛起的沧桑中湮灭
邮编的数字也被饥饿的春鸟啄食

信笺残破成倒春寒中一块凋枯的草地
满纸深情的文字被春雨沤烂成一片落红

邮差日夜奔波效力于权贵的门庭
那辆被遗弃的邮车早已在雨水中锈蚀

倒伏的邮筒如一只巨大的蝉蜕
被流浪猫开发成一个卡通乐园

邮路在风中扭结成一团肠套叠
长满绿色苔藓和黑色地衣

那个消失了的收信人从未出生
春天的户口簿上没有她的名字

2023.3.19

我们有一小部分疼痛相通

夜晚是阒寂的。白天正好相反
过道上满是,往来放风的病人

除了病号服上的蓝色竖条纹
我们有一小部分疼痛是相通的

        2023.4.11

病愈书

疾病的海潮退去。腥膻的沙滩上
遗落着呻吟的贝壳、风干的飞沫和星光

现在,他是一个宁静的海湾
如一弯月牙,咬紧健康的岛屿

他紧紧地抱住自己
像在胸前紧抱着双臂

2023.4.20

我

我客居在我中。与我朝夕相处
但我从未真正面对过我
我对我并不熟悉
我是我的陌生人

我以一种可疑身份生活在我中
我对于我是一种虚幻存在
我从来就不是我的主人
而是我的乱臣贼子

我在我中为非作歹，恣意妄为
从无建设，只有破坏
我以各种恶习摧残我
我是我的敌人，不是亲人朋友

我与我永难融为一体
形如三秦大地上的泾渭分明
我终将被我从我中逐出
像一条被主人驱逐的流浪狗

2023.4.27

母校

我们都随身携带着
当年裁剪的母校一角

天南地北,如今要拼贴出完整的母校
已经很难很难

三五同窗相聚
我们拼贴出一张餐桌大的母校

班级同学聚会,我们拼贴出
一个教室大的母校

校友会成立,我们拼贴出
一叶孤舟般大的母校

唯有毕业若干周年回母校时
我们拼贴出的图案无限接近母校大小

无论我们如何拼贴
都拼不出一个完整的母校

然而,即使拼贴出的永远只是一个
局部的母校又何妨

母校早已溪水般流进我们生命的湖泊
倒映着我们人生的峰峦

母校早已变成一轮明月
夜复一夜，照耀着我们的梦乡

2023.7.6

封神记

我想封一株平凡的小草为神。在人世间
它不需要神龛,苍穹就是它的神龛

它也不需要黄金宝殿
涌动的二十四节气,就是它的殿宇

它不是木偶泥胎。它从大地上生长出来
是一个不死的神

它在疾风骤雨中,俯下慈悲的身子
庇护脚下仓皇奔突的蝼蚁

它生活在我们中间,站位比我们更低
与我们一起摇曳、荣枯

它晓谕我们要对某些高高在上的事物
保持必要的怀疑与警惕

为救赎世道人心,它不惜在一场场
野火中,涅槃重生

每一株小草都是一个神,每一个神
都和我们一样,匍匐在泥泞里

我以风的姿势对它叩拜
并且点燃阳光的香烛，敬献在它面前

"封平凡的小草为神，
就是封自己为神！"

2023.9.18

潜泳者

我是生活的潜泳者
每天一早扎进文一路隧道
露头吸一口气
再依次扎进紫金港南路隧道
紫之隧道、花坞隧道
甚或留下隧道
入水、露头；入水、露头
薄暮时
再反顺序潜泳一遍

2023.10.2

散步辞

天空从密匝的树冠缝隙
漏下斑斑点点微光

他的散步之路是一条黑暗之路
身前是黑暗,身后也是黑暗

置身于黑暗深处的人
早已炭化成一座行走的煤矿

习惯于黑暗,偏爱黑暗
也不惧黑暗

他点燃自身的黑暗
照亮自己脚下的路

2023.11.14

新年之约

公交尚未到达。我在长长的站台徘徊
像一道二十世纪八十年代的身影
踯躅在街头的晚风里

我将前往西湖,在这个大年初一之夜
去断桥,看看许
和他的白

舍弃开车、打的,也拒绝地铁
今晚我选择公交:只有公交
才配得上这一小小的浪漫之举

作为杭州的常住居民,二十年前
我就被作家扶风批评为一个奢侈的人
守着西湖,却常常浪费天堂风景

所以我今晚来到这站台
与公交共赴一场新年之约

2025.1.29

打铁者

打铁的人,专注于打铁
繁华像浪花一样,从他身前掠过

他巉岩般视若无睹
专心打他的铁,只是打他的铁

在喑哑而嘈杂的世界
唯有他的打铁声,清越、纯粹

他摒弃现代化的快捷工艺
坚守一种古老的手艺

从他的铁砧上,迸射起阳光、春风
花朵与鸟声

他偶尔被聚光灯笼罩,更多的时候
置身于茫茫夜色中

他不停地挥动铁锤,将心中的孤愤
化作一声声叮叮当当

他在打铁,也在锻打自己
他要给人间,锻造一块最好的铁

他年复一年、日复一日地敲打着
把自己敲打成一尊铜像

世界一片黑暗,唯有他和从铁砧上
溅起的火焰,闪耀着光明

2025.2.24

肉骨头

肉是腱子肉，骨是硬骨头
当七根鞋锥子般的针刀次第扎进我的右肩胛
我忠诚的经络，已经在干戈四起之前
粉碎了一剂麻药的图谋
国医馆的大夫告诉我
我的骨缝太小、肌肉太紧
麻药无法渗入，浪费了一场奇幻的人生体验
让麻药失效，让人间的一切毁誉失效
是我半生以来的独门绝学
我早已关闭我所有的穴位
不给尘世中的一切谵妄以可乘之机
理疗、针灸、艾灸和针刀
带来的不过是一种肉体的疼痛
作为一个男人，这些实在算不上什么
我能承受一切肉体上的痛楚
却无法忍受精神上的虚空
世人在肉体的背叛中感受痛楚
我却沉浸于体验疼痛中的诗意
当越来越多的人骨质疏松
我的骨头却越来越硬，以一个硬汉的形象
在风高浪急的江湖行走
当你经过我，如果不小心被我的硬骨头硌伤
请原谅，其实在我山脉般硬实的肉与骨深处
有着湖泊般的柔情

2024.12.12

第八辑
渔舟唱晚

在广阔的民间

在广阔的民间,我像一只绵羊
置身于辽阔的草原

到处是怒放的桃樱李杏和披垂的杨柳
以及毛笔捺下的徽派墨色翘檐

任何一株花树都比我高、比我明艳
它们散养在大地上,烂漫而安详

像一群在阳光中静止不动的绵羊
像在广阔的民间生活的我

在广阔的民间、广阔的江南
一切都像江河水一样缓流着

最大的波折是石拱桥的隆起
最大的伤怀是波心明月的落寞

在广阔的民间,熙来攘往的
皆是布衣卿相,他们脱掉绫罗绸缎

用一袭素衣包裹住肉身与灵魂
在自由的风里,自由地绽放、凋落

2023.3.22

盲道

三类盲道砖：条形引路砖，大、小圆点止步砖
暗喻三种人生形态：安全、前有障碍或危险

条形引路砖：四条凸槽并驾齐驱
方向的引领，可放心向前直行

小圆点止步砖：三十六个圆点，矩形排列
方位的导引，提醒前有障碍，必须拐弯而行

大圆点止步砖：由二十五个圆点组成的矩阵
警示前方危险，立即止步

盲者凭一根盲杖，探测命运的深浅
凭脚板，感知世道的曲折与崎岖

凸槽与圆点，与地面形成的五毫米高度
盲者识别生活的介质，人间的体恤与温暖

如今已几乎没有盲者在盲道上行走了
它更多地像是在警醒明眼人——

生活是一条更大的盲道
我们所有人都行走在盲道上

不是每时每刻都有引导和提醒的
我们手中可有一根盲杖

我们的脚板,是否也像盲者一样
能准确感知前方的障碍与危险

2023.7.6

书房

那些书脊上的名字,站立在书柜上
站立成我书房里的几道峭壁

当然,也像挤挤挨挨的墓碑
——岁月的墓碑、语言的墓碑

我知道我挺直的脊梁,源自哪里
我知道我的生命,为谁献祭

也有横躺着的,像搁浅的一截沉香木
像劳作后一场小小的休憩

也有斜立着的,相互倚靠
俨如困境中相互扶持的兄弟

书脊后澎湃着一片汪洋大海
每晚,我驾着孤舟在浪涛中穿行

2022.12.21

天猫小店

一定是一只波斯猫
藏在路边一家"天猫小店"的招牌里

它从"猫"字中探出头来
这只来自虚拟世界,并不实际存在的猫

它雪一样的绒毛,在晚风的梳理下
比灯光更柔顺,在夜空中飘扬

它绿宝石般的双眸,躲在虚无背后
注视着街道前的世界和我

在脏乱的夜色中,它小心而勇敢地
保持自己的白,以及绿宝石的尊贵

仅凭这一点,足以让我感动与敬佩
我没有进店,只默默献上这首小诗

2023.11.17

菜鸟驿站

骏马才需要驿站。菜鸟这种巨型鸵鸟
它更需要的是在自己的肚腹左边——

安置一只巨大的铁胃,以贮存那些
源源不断运来的不及消化的食物

那些形形色色的包裹,其实是一种
上好的面包——可惜它不是肉食动物

为了防止身藏毒素的瓢虫混进草料
它经常要啄开包装,进行安全验视

它将自己的头,深深埋进商业的沙地
它长长的颈脖,形成宽阔畅通的邮路

它派出身上一支支羽毛,八百里加急
驮着邮件,驰向四面八方……

2023.11.18

黄昏即景

放眼望去，满大街都是游泳的人
他们在汹涌的汗水里游着
在街道的不同泳道上游着
有的游得快些，采用的是电动车泳姿
有的游得慢些，采用的是手脚并用的
狗刨式
更多的人，套着轿车的救生圈
在夕照中漂浮

2020.8.18

紫之隧道

隧道里塞满了红色蝙蝠
仿若一个黏稠的血团
它们都死命地扑扇着翅膀
谁也无法挣脱

2020.9.30

短歌

文一西路与文一路
两只手在古翠路口勾在一起
稍一松开
文一西路便会被车流拖拽着
向着余杭区呼啸而去
文一路也会弹向莫干山路口
如一根突然松开的皮筋
即便红灯,也无法拦阻

2021.7.4

办公室

它们是名词：办公桌、空调、顶灯
书柜、沙发
电脑、电话、打印机
台灯、遥控器、茶杯、茶叶罐
手机、眼镜
词典、红笔、校对稿

它们是动词：鸟鸣窗外、秋风瑟瑟
茶叶沉浮

它们是形容词：天空的蓝、云朵的白
远山的青

我们每天都置身于词语的海洋
丰富、充实，小确幸

2021.11.1

隧道速写

那么多群山的青兽，偃卧在大地上
它们高高耸起的脊背，与天光融为一体
每一道双向而行的隧道
都是一对牛鼻
被疾速穿行的汽车，拴上两根
高速公路的牛绳
朝向相反的方向拖拽

绳索从飞驰的车轮底下不断被抽出
绵绵不绝
而青山之牛，岿然不动

2021.10.7

外卖配送员

中午一人在家,懒得做饭
叫了个外卖
半个小时后,门铃响起
外卖到了
我对配送员道声"谢谢"
这次我没有听到惯常的"不客气"
只看见他脸上露出
快要背过气去的痛苦表情
四十多摄氏度的高温
不仅烤干了他身上的水分
也烤干了他心中的话语

2022.8.24

地下铁（其三）

一

地下铁不是在呼啸
而是在呐喊

如同北风不是在呼啸
而是在呐喊

它呐喊什么
它为何呐喊

二

地铁中的欢乐都是无根的
悲伤也是
一条湍急的河流，撕扯着浮萍

铺在长椅上的，是一种水藻
菖蒲耸立着
水母在头顶吐着气泡

2024.1.4

疼痛之诗

每晚散步回家,经行的美食街
有一家餐馆
近五年来,更换了三个主人
每换一块店牌
都要拆凿砸撬,一番装修
我都为它的天花板、墙壁和地板
感到疼痛

2024.3.31

在生命中为自己辟一间茶室

腾出睡眠,腾出名利
腾出壅淤的心房,为自己辟一间小小的茶室

将梦呓揉碎,按压弹簧将它们弹上房顶
即刻看见云朵在天空悠悠飘荡

靠一面墙,布设一排花梨木博古架茶柜
将玉雕、瓷器,摆成悬空的山水

再在一面墙的中央,悬挂一幅书法——
"且吃茶去!"

然后,搬进一张紫檀木长方茶桌
像从生活中请进尊严

茶桌上铺下一条米黄色亚麻桌旗
这面疲惫的旗帜不再招展,却依然吐着兰蕊

将兔毫盏、油滴盏、曜变盏、鹧鸪斑
悉数摆上桌来,接受我目光的检阅

这些建窑、哥窑、定窑、龙泉窑、吉州窑
比一碗饭小,比一场酒大

宜兴紫砂壶、景德镇青花瓷、龙泉青瓷
列阵于博古架上，像展示一生的荣光

红茶、绿茶、青茶、黄茶、黑茶、白茶
一盏、一盖、一碟，从来佳茗似佳人

接着摆进四张黄檀木座椅，半生没有靠山
我要借它的靠背，靠一靠我的老腰

现在，我要把自己请来对饮
面向窗外的塘河和远方的晚风

不谈世事，不谈国事，甚至也不谈诗歌
只谈风，只谈月，只谈半生经历的沧桑

2022.11.9

在市民卡服务中心

人生不过百十几张卡，甚至更少
以前是各种证
随着年龄增大
身份的证明越变越薄
没有一个词比"卡"字更名副其实
它总会在某些关键节点
狠狠地卡你一次，而这些
都以维护你利益的名义出现
一块方形硬片：这现代的宝盒
将你人生的秘密与财富
尽数收纳。当你要提取它们时
必须输入一串生命的密码
一摞卡，骨牌般立于生活的桌面
被一双无形的手玩弄于股掌之间
只要被推倒一张
就会产生失败的多米诺效应
为了证明这张卡的合法性
有时你必须提供无数张卡
最让人崩溃的是，此时却被告知
"你的卡被消磁了！"

2024.8.14

旋转的餐桌

旋转的白太阳,在一盏水晶吊灯
——这人造的月亮照耀下
拱起一道月球环形山的阴影
匀速地、悠悠地转动
仿佛被一双看不见的手操纵
又仿佛是一只永恒转动的磨盘
碾磨着倏忽远逝又扑面而来的岁月
那琼洁的时光之浆沿桌沿流下
淌成一条黄果树瀑布
一块神秘的磁铁,将星散在四方的亲人
吸附在一起
无限的空间,被浓缩成一只方形宝盒
宝盒内裹娜着佳肴与乡音的热气
一只平置的电动切割器
从五千年的中华民俗中
切割出一段醇厚的亲情或友情
这农历的沉香木或老山檀香
窗外屋檐下一排方形红灯笼
透过唐宋的窗棂,将一束束红色光芒
涂抹在岁尾洁白的桌布上

2025.1.25

国医馆

右肩肩周炎。半壁江山沦陷的王
他手中的权杖,已指挥不动一场冬日的狩猎
他卧于艾灸床上,像跌卧在朔风中的荒原
四边的帷幕,殿墙一样
将他隔绝成烛光斧影中的宋太祖

他裸露的山岩,开始出现风化现象
裹满医学的野藤
一根根银针,如闪光的枪剑戟戈强加于大地
艾灸的烟雾袅袅
烽火台的狼烟,千里传递敌情

发生在身体上的战争
冷兵器与现代国防科技的媾和
声光电磁、冷热水力
魔兽的巨爪紧紧攫掠着他,疯狂地抓取
利钩深入他的肌腱与骨头

半边河西走廊,运送烈酒的通道被虎狼盘踞
一杆狼王旗,插在阳关外的大腿上
闪电扑击着江南的危崖
八百里加急信使
绊倒在冷月戈壁

江河淤塞需要疏浚
需要一场都江堰古老的流淌
打通康乐与平安的经络
扭结的山脉，需要一场春风
梳理和拨正它在森林中的走势

国医馆，置身于现代医学的战火硝烟中
俨如一座古堡
每一张艾灸床，都是一个战争推演沙盘
当蒸腾的烟雾散去，那扬起的臂膀
化作一条直插敌营的红色箭头

2024.11.27

入冬，或者掼蛋

长风将农历和公历两副季节之牌分发给大地
现在落在牌桌上的是一张冬天

两张除夕的大王、两张元旦的小王
两个五十二周，组成一百单八张的掼蛋之局

鸡爪槭的红桃九、栾灯的方块十
黑色牡丹的梅花 J、墨菊的黑桃 Q 纷纷甩出

岁月踏着 K 的石级，攀着 A 的梯子
缓缓或者跳跃着升上年龄的高空

我模仿单张牌的形状，独立在寒风中
与旷野的一棵树结成对子

对抗空中翻滚的墨云
也对抗从磨灭中探出的虚无之手

我甩出青年、壮年和中年三张大牌
压住命运打出的老年

我不羁的灵魂，与江河和白鹭结成三连对
与诗歌和美酒组成顺子

与春花、明月、翘檐、廊桥和石拱桥
组成一副同花顺

在时光的牌局里,即将到来的一场瑞雪
是我掖着的一副王炸

2024.12.2

附录

现代诗学的思想元素与语言实践

陈啊妮

　　给既是诗人又是实力评论家的诗人写评,是相当有挑战的,必然有莫大压力。但他的诗好,作评也是一种揣摩和学习。涂国文的诗歌题材是广泛的,就这部诗集来看,就有一种跳跃感。而且,诗人又是紧扣生活的本质和生命的意义展开他的诗性思维的,所以他进入一首诗时,姿态从容且轻盈,如一个优秀的跳水健将。他的身体在空中打开时,有一种从容;而压水花的动作,又是复杂而难于探知的——但我能从诗中,感受到那种斑斓和丰富,可见诗人处理生活的态度、体察世界的价值观以及他的精神境界和美学修养。涂国文这部诗集体现了诗人大胆而奇特的想象力,先锋的意象叠合以及陌生化叙事,是建立在扎实的传统美学根基之上的,是由此出发的自我语言跋涉。同样,我发现诗人针对一首诗歌的态度,并非匆忙或肆意的抒情,而是把"情感元素"深埋或融解,从而更为注重于诗的"文本"地位的建设——涂国文的诗,哪怕是一个日常的题材,也具备了这样的情感质量和精神重量,有可能与写作诗歌的时代语境和背景若即若离,仅仅作为文本(或纯粹的文字)而长久站立。诗人通过他的诗歌文本左冲右突,"见风使舵",或"暗度陈仓",皆是本着他孜孜以求的在文本中所应抵达的高远和力量。这么说,我可以认为涂国文是个

"纯棉质"的诗人,这倒不是指他在诗学界可信的人品,而是他多年来,在诗歌文本内部做出深刻辨识的坚执努力。

涂国文诗歌一根很重要的"主轴线",恐怕是他诗歌中对"生命"的思考和认识,生命意识是个大题目,但因此而人云亦云或趣味趋同是当下诗歌的常态。为什么会这样?我想还是诗人对诗歌态度的不端正,以及在诗歌和生命的关系中,很多问题没有厘清——这是永远的"家庭作业",只能自己独立完成,且没有标准答案。诗人只能通过诗歌创作,一步步掘进,从而更接近于自我的心灵,向天地万物求索探寻,最终确立与世界的关系。然而这是需要勇气、需要才气的,还需要一种机缘。肯定不是诗歌写得越多,越接近于一种抵达,完全的抵达永远做不到,但可能缓解诗人与世界上的人与事的冲突,以及对所做出的努力收到的最终回报:丰盈诗歌的密度和硬度。如诗人的《我们都是失踪的人》,就恰好说明了他的努力:

> 我们一直都没有找到自己
> 我们怀疑自己可能早就死了
> 于是我们在雪地里
> 为自己立起一块块无字碑
> 添土燃香焚纸鞠躬
> 自己给自己扫墓
>
> 我们以这种方式确认自己的下落
> 如果有谁在哪里看见我们
> 请转告一声

叫我们回家

"失踪"也许是一个人成长过程中必然要发生的事,我们总会迷失一阵子,灵与肉的打打杀杀不可避免,然后又会在精疲力竭后突然醒悟,原来我们彼此曾如此相似,如人性之善的趋同。寻找自我,应该是一个有担当的诗人的使命,也是一个诗人的文本日臻成熟的机会。当然绝大多数诗人是达不到这一步的,充其量最终也只是个诗歌爱好者,而不是诗人。因为他从未意识到这一"失踪",也没有警觉到自己混合于群体而失去独立尊严:"我们看到很多与我们相像的人/有的容貌很像有的表情很像"。试问:在庸常生活空域里,作为"诗人"的"我们",与普通人的区别多大?正如诗人在《神灯》中写的:

> 他是一个自带灯盏的人
> 他点燃自己,照耀自己
> 他不需要明月的照耀
>
> 自带灯盏的人,他的灯盏
> 高悬在自己的黑暗里
> 成为自己的神灯

所谓的"找寻",并非满世界打捞,而是深入自我的内心,挖掘自我的煤矿,然后点亮自己,所以我认为《神灯》是涂国文的"自励诗"。

上面说了,涂国文在探寻生命这一主题,必然离不开

"问天叩地"，需要他审视自然和人世的超常眼界。这方面很考验一位诗人的功力，即当他登高望远或审视市井雨巷时，那种不一般的想象力和具象与意象间转换的微妙，是基本功，但如何在发散的肆意、解构的扭曲变形中仍然能把握更核心的要件——准确，这恐怕就是另一个问题了。我细读了诗人如《大雪》《夜阑听雨》《秋风颂》《昆仑山》等诗后，感觉到了诗人"落实的力量"，他追求得更多的不是"深度"，而是"深处"，在其诗歌内核上，诗人的一种"大怀抱"是贴切且实际，不是狐假虎威和虚张声势，他来真的，或真来了。如《大雪》：

> 大雪覆盖青山，却不能覆盖河流和飞鸟
> 一切活着的事物，大雪都覆盖不了
>
> 河边逶迤的琉璃瓦，顶着一头白雪
> 像一条苍龙，与河流的青龙嬉逐
>
> 大雪狠狠地下着，大雪把天空下空
> 也把自己下空
>
> 弥天的大雪啊，我看到下空了的天空
> 像一只虚弱的蝉蜕

　　你能说诗中哪一句是"虚化"的？这当中诗人所处理的每一个意象，以及意象间的叠合与摩擦，都恰如其分地真实。当然在此我无意过分强调诗歌的"及物性"，涂国文也与

此保持谨慎的距离,如一片雪花落地,完全落定了,也就消失了——他撷取了"途中"和欲达而尚未达,以及意象叙述中"虚假的真实",如"大雪把天空下空",是"没道理的大道理",这样反而更接近于真相:"我看到下空了的天空／像一只虚弱的蝉蜕",是一种更为私有的指认,也是更为诗性的精神判断。

我注意到涂国文有关对远古事件叙述的诗歌,如《良渚:大海上升起的文明曙光》《口红》等,体现了诗人的总体运筹把控力,把不同时间和地点发生的事件,通过细密无痕的针脚,缝合为一体,变成一个相似或相同的事实。当然这当中需要"穿针引线",针是明的,而线是隐的,如《口红》中的"针"就是口红。通过"口红"这一具体之物在不同场景的出现,以不同的故事达成同一个或类似的结局:倾国倾城。诗中的"西周"和"明末"走到一处,成为集体,并因女色而归纳出一个道理——但是个诗性的道理,或浪漫的结局,战火的一边倒,既可能发生屠城,但也可能促发快进的熄火。从诗歌技艺上说,上述两首诗如把散落一地的碎玻璃,重新拼合成一副明镜,当然需要诗人在诗歌气息上的穿越和平衡的技巧,也需要诗一以贯之的主旨取向,绝不能被枝末带偏。多元并立的时空,从时序上说已不重要,每一个故事都是组合成一首诗歌的材料,但又不是拼图游戏,不存在正好的契合和不可或缺,所以必要的裁剪和打磨,甚至取舍都是必要的。严格说,《口红》已不存在分散的时空,经过诗人整合,已经成为"一个时空"(或诗性的时空),在这个时空里,可以包容多个地点、人物和朝代,甚至延伸至现代:

云鬟。黛眉。明眸。皓齿
香颈。酥胸。玉臂。修腿
玉山倾倒
如果外加一支香烟
这酒杯里的夜色，这肉欲的美
这冬日的春雷，这江山的塌陷

涂国文的《良渚：大海上升起的文明曙光》，写的是盛极一时且神秘璀璨的"良渚文化"，文体建立过程中的总体察力要求更高。实际上，诗人需要通过有限的文字，复活良渚文明最生动、色彩最艳丽的部分，因而剪裁和重组也是必要的。与《口红》不一样的是，这首诗是同一时期复杂意象的取舍、排列和叠加，力求它们之间能自然产生投射与辉映。

《遇见：在口腔医院，这语言的受难所》是一首很有阅读趣味的诗，但又是一首不简单的诗。诗人借到医院看牙，接受牙医治疗而带来的"语言上"的困厄和思考，赋予这首诗以意义极大的外延。诗人写的是治牙，更是语言，他写得一本正经，叙述了他已叙述之外的部分：语言的受难所。我觉得，治牙的过程最不可接受的，是让你张大嘴巴，又说不出话，而与你脸贴脸的医生，又一再对你问这问那。诗人正是抓住了这最奇葩的一个情节，把"语言"放入窘境，接受一种霸气又仁道的统治，让语言在身体默默的扭搐中，被牵制、破解、武装，而诗歌的最后两节，出乎我的预料：

压电式超声洁牙机、磁致伸缩式洁牙机

和气动超声波洁牙机在整层洗牙区震颤
这夏日的另一种蝉鸣,语言装修的轰响

抛光。减少语言对于正义的敏感和趋附
洗牙结束,齿面变得光滑而洁净
从此后我可以红口白牙,指鹿为马

洗牙成了语言的一种"装修"。这更让我想到前述的"镰形器在牙床上剔、刮、勾、凿/十八般武艺在口腔中翻飞/如同炼金士对词语的打磨",既是"受难",也是一种"教训"。被威权统治过后的语言,顺着诗歌的逻辑和意识,让人心惊。

不可忽视涂国文诗歌的思想深度。如《后遗症》:

去过西藏后,每次看到山峰
我都会紧盯着那峦尖
想象上面正覆盖着积雪
都会在心里庆幸
在这纷繁复杂的人世
还有钻石,在高处
闪烁着光芒

我不知道诗人在看到雪峰后,为何会产生这样的想法。不得不承认,某一刻的"灵感"如有神授,甚至是不可理喻的一件事,在那一瞬间闯入诗歌。我想,一个根本的原因,还是涂国文是有准备的诗人,他内心的波澜一直在激荡起伏,很敏感,同时他内心的慈悲情结也是必不可缺的。

涂国文的文字是值得信赖的,他的诗歌语言沉实,有重量感,似乎刻意与那些华丽浮虚语言保持距离,从中可以读到他诗歌肌理上的粗粝感及叙述中的崎岖。我觉得诗人最值得称道的,还是他对诗歌语言的态度,斑斓的思想元素,以及结构的舒畅,实则也归结为他对生活和生命的认真态度。

(作者为著名诗歌评论家、诗人,陕西文学研究所特聘研究员。)